AF299309

CATALOGUE

DES

LIVRES ANCIENS,

RARES, CURIEUX,

EN GRANDE PARTIE ORNÉS DE GRAVURES;

DES DESSINS, DES VIEILLES ESTAMPES,

DES OUVRAGES SUR LES BEAUX-ARTS,

ET

D'UN CHOIX

DE LIVRES PRÉCIEUX IMPRIMÉS EN CHINE,

COMPOSANT LE CABINET

DE M. R. L. A** P. DE M.,

Dont la vente se fera le Jeudi 17 Février 1848, et jours suivants, à sept heures précises de relevée,

RUE DES BONS-ENFANTS, 30,

Salle du premier,

Par le ministère de M⁰ **FOURNEL**, commissaire-priseur,

Place du Châtelet, 2.

―――――

PARIS,

J.-F. DELION, LIBRAIRE, SUCCESSEUR DE R. MERLIN,

QUAI DES AUGUSTINS, N⁰ 47.

1848

ORDRE DES VACATIONS.

1re Vacat. *Jeudi 17 Février 1848.*

Poëtes grecs et latins.	601 — 650
Hist. d'Afrique et d'Amé-rique.	1097 — 1119
Théolog. — Écrit. sainte.	40 — 78

2e Vac. *Vendredi 18.*

Sciences mathém. — Phy-sique.	370 — 419
Linguistique.	518 — 567
Géographie. — Voyages.	780 — 801
Hist. ecclésiastique.	250 — 273

3e Vac. *Samedi 19.*

Théâtre. — Mélanges.	678 — 713
Philologie. — SS. Pères.	117 — 150
Zoologie. — Médecine.	465 — 506

4e Vac. *Lundi 21.*

Poëtes français et étrang.	651 — 677
Histoire d'Allemagne.	1025 — 1056
Botanique.	420 — 464

5e Vac. *Mardi 22.*

Histoire ecclésiastique.	270 — 296
— littéraire.	714 — 751
— universelle.	802 — 821
Polygraphie.	1146 — 1170

6e Vac. *Mercredi 23.*

Hérésies. — Rel. étrang., etc.	851 — 875
Romans. — Facéties.	568 — 603
Archéologie.	822 — 857
Hist. de Suisse, d'Italie.	996 — 1024

7e Vac. *Jeudi 24.*

Livres russes.	1188 — 1218
Histoire de la Bible, etc.	70 — 110
Histoire des Pays-Bas.	973 — 995
Histoire de la noblesse.	1127 — 1145

8e Vac. *Vendredi 25*

Politique. — L[illegible]	732 — [illegible]
Droit canon[illegible]	[illegible]
Hist. des pr[illegible]	[illegible]
Vies des Sain[illegible]	[illegible]
Beaux-arts.	1253 — 1279

9e Vac. *Samedi 26.*

Sciences morales.	507 — 517
Histoire ancienne.	858 — 893
Musique. — Arts et mét.	1307 — 1315
Architecture.	1280 — 1306

10e Vac. *Lundi 28.*

Histoire d'Europe.	891 — 903
— de France.	904 — 951
Beaux-Arts.	1219 — 1253
Estampes.	1350 — 1365

11e Vac. *Mardi 29.*

Histoire d'Asie	1057 — 1096
Liturgie.	204 — 243
Livres chinois.	1 — 14
Estampes.	1328 — 1349

12e Vacat. *Mercredi 1er Mars.*

Philosophie	1 — 39
Ordres religieux.	320 — 350
Livres chinois.	15 — 28
Estampes.	1367 — 1392
—	1366

13e Vac. *Jeudi 2.*

Dogme. — Morale.	151 — 203
Recueils. — Encyclop.	1180 — 1187
Biographie.	1120 — 1126
Livres chinois.	29 — 42
Dessins.	1310 — 1327

14e Vacat. *Vendredi 3.*

Environ 1,600 volumes qui seront vendus par lots.

EXTRAIT

Catalogue des Livres de Fonds.

Traité des monnoies des barons ou représentation et explication de toutes monnoies d'or, d'argent, etc., qu'ont fait frapper les possesseurs de grands fiefs, pairs, évêques, abbés, chapitres, villes et autres seigneurs de France, par Tobiesen-Duby. *Paris, I. R.*, 1790, gr. in-4, fig., 2 vol.

Recueil général des pièces obsidionales et de nécessité, gravées dans l'ordre chronologique des événements, avec l'explication historique..., par Tobiesen Duby. *Paris*, 1786, in-4, fig.

Monnaies inconnues des évêques, des Innocens, des Fous et de quelques associations singulières du même tems, recueillies et décrites par M. M. J. R. d'Amiens. 1837, in-8, 2 vol., dont 1 de fig. . . . . **12 fr.**

Manuel de numismatique ancienne, contenant les éléments de cette science, les divers degrés de rareté des monnaies et medailles antiques et les tableaux de leurs valeurs actuelles, par M. Hennin. 1838, in-8, 2 vol., br. . **18 fr.**

Histoire numismatique de la Révolution française, ou description raisonnée des médailles, monnaies et autres monumens numismatiques relatifs aux affaires de la France, depuis l'ouverture des Etats-Généraux jusqu'à l'établissement du gouvern. consulaire, par M. Hennin. *Paris*, 1826, gr. in-4, avec 100 planch. conten. toutes les pièces décrites.. **60 fr.**

Voyage dans les steppes d'Astrakhan et du Caucase, par le comte J. Potocki, publié avec des notes par M. Klaproth, orné de deux cartes et sept planches, dont six coloriées. 1830, in-8, 2 vol., br. . . . . **15 fr.**

Mœurs, institutions et cérémonies des peuples de l'Inde, par l'abbé Dubois. 1825, in-8, 2 vol., br. . . . . . **14 fr.**

Le Pantcha-Tantra, ou les cinq ruses, etc., fables et contes trad. sur les originaux indiens, par l'abbé Dubois. *Paris*, 1826, in-8, br.. . . . . **6 fr.**

AVIS.

Il y aura chaque jour de vente exposition de 1 heure à 3.

Les livres vendus devront être collationnés sur place, dans les 24 heures de l'adjudication. Passé ce délai, ou une fois sortis de la salle de vente, ils ne seront repris pour aucune cause.

Les articles au-dessous de 12 fr. ne seront admis à rapport que dans le cas où ils seraient incomplets, par enlèvement de feuillets ou de portions de feuillets emportant du texte; ils ne seront pas repris pour taches, mouillures, déchirures, piqûres, ou autres défectuosités.

Nota. Le libraire chargé de la vente remplira les commissions qui lui seront adressées.

SOUS PRESSE :

Catalogue de M. l'abbé de Sambucy.
— de livres de sciences et de littérature.
— d'un choix de livres italiens et espagnols.

CATALOGUE

DES LIVRES

COMPOSANT LA BIBLIOTHÈQUE

DE M. K. L. A** P. DE M.

PHILOSOPHIE.

1. Geo. Hornii Historiæ philosophicæ lib. VII. *Lugd.-Bat.,
Joh. Elzev.*, 1655, in-4, v.
2. Krug's Geschichte... L'histoire de la philosophie du temps
ancien. *Leipsik*, 1815, in-8, dem.-rel. — Lusnetze... Addi-
tions et corrections de l'histoire de la philosophie, par H.
Ritter. *Hambourg*, 1818, in-8, br.
3. Histoire de la philosophie, par Ritter, trad. de l'allem.
par Tissot. *Paris*, 1835, in-8, 2 vol. br.
4. Diogenis Laerti de vitis, dogmatis et apophtegmatis eorum qui in philosophia claruerunt libri X , cum Menagii
observationibus. *Londini*, 1664, in-fol., v.
5. Les vies des plus illustres philosophes de l'antiquité, avec
leurs dogmes, leurs systèmes, leur morale, etc., trad. du
grec de Diogène Laerce. *Paris*, 1796, in-8, 2 vol., br.
6. Sur la vie et les œuvres de Platon, par Ast. *Leipsig*, 1816,
in-8, br. (*En allem.*)
7. Platonis opera, recensuit et commentariis instruxit God.
Stallbaum. *Gothæ*, 1833, in-8, 10 vol. br.
8. Platonis opera, Mars. Ficino interprete. *Francof.*, 1602,
in-fol., v.
9. Œuvres de Platon trad. par Schleiermacher. *Berlin*, 1804,
in-8, 3 vol. ,dem.-rel. (*En allem.*)
10. Les mêmes, commentées par Aug. Arnold. *Berlin*, 1835,
in-8, 2 vol., br. (*En allem.*)

A**

11. Le système de la philosophie de Platon, par Tennemann. *Leipsik*, 1792, in-8, 4 vol., dem.-rel. (*En allem.*)

12. Timæi Sophistæ lexicon vocum platonicarum, edidit Dav. Ruhnkenius. *Lugd.-Bat.*, 1754, in-8, dem.-v.

13. Aristotelis opera, gr. et lat., recensuit Bulhro. *Biponti*, 1791, in-8, 5 vol., br.

14. Sexti Empirici opera. *Paris.*, 1621, in-fol., v.

15. Maximi Tyrii dissertationes (gr. et lat.), ex interpret. Dan. Heinsii, recensuit Joa. Davisius. *Cantabrigiæ*, 1803, in-8, v.

16. L. Ann. Senecæ opera omnia, à J. Lipsio illustrata. *Amst.*, *Morelus*, 1632, in-fol., fig., v., fers à fr.

17. L. Ann. Senecæ opera omnia. *Lugd.-Bat.*, *Elsev.*, 1639, in-12, 3 vol., v. ant., dent., tr. d.

18. J. F. Gronovii ad L. et Ann. Senecas notæ. *Amst.*, *L. et D. Elsev.*, 1658, pet. in-12, v.

19. Confucius Sinarum philosophus, sive scientia sinensis latine exposita studio et opera patrum Soc. Jesu. *Paris.*, *Cramoisy*, 1687, in-fol., vél.

20. Sydrach le grant philosophe, fontaine de toutes sciences... *On le vend à Paris en la rue Neure-Nostre-Dame, à l'enseigne de Lescu de France, s. d.*, pet. in-4, goth., v. br.

21. De Spinozæ philosophia dissertatio, auct. Rosenkranz. *Halæ*, 1828, in-8, br. — Ben. Spinozæ doctrina et ejus ethica recensita, auct. Matthia. *Murburgi*, 1829, in-8, br. — Ben. de Spinoza opera omnia, ed. Bruder. *Lipsiæ*, 1843, in-16, 2 vol., br.

22. Fr. Baconis sermones fideles sive interiores rerum. *Lugd.-Bat.*, *F. Hackius (Elsev.)*, 1644, pet. in-12, vél. — Ejusd. Sylva Sylvarum, sive historia naturalis et nova Atlantis. *Amst.*, *Elsev.*, 1661, pet. in-12, vél.

23. Ren. Descartes opera varia philosophica. *Amst.*, *Dan. Elsev.*, 1659-72-77, in-4, 4 vol., vél.

24. Joa. Claubergii Defensio Cartesiana. *Amst.*, *Elsev.*, 1652, pet. in-12, vél. — La philosophie morale de Descartes. *Brusselles*, 1707, pet. in-12, br.

25. Cours entier de philosophie, par P. S. Regis. *Amst.*, 1691, in-4, fig., 3 vol., v.

26. G. G. Leibnitii Principia philosophiæ more geometrico demonstrata. *Lipsiæ*, 1728, in-4, dem.-rel.

(3)

27. Eléments de la philosophie de Neuton, par Voltaire, *Amst.*, 1738, in-8, gr. pap. de Holl., v.

    Avec un beau portrait de Voltaire, par Folkema et 115 vignettes.

28. Œuvres philosophiques de Hume, trad. de l'angl. *Londres*, 1788, in-8, 5 vol., v.

29. De l'usage et de l'abus de l'esprit philosophique durant le XVIIIe siècle, par Portalis. *Paris*, 1820, in-8, 2 vol., bas.

30. Essai sur l'histoire de la philosophie en France au XIXe siècle, par Damiron. *Paris*, 1828, in-8, 2 vol., dem.-rel.

31. Histoire de la philosophie allemande depuis Leibnitz jusqu'à Hegel, par le baron Barchou de Penhoën. *Paris*, 1836, in-8, 2 vol., br.

32. Histoire abrégée des sciences métaphysiques, morales et politiques, trad. de Dugald-Stewart, par Buchon. *Paris*, 1820, in-8, 3 vol., br.

33. Ocellus Lucanus, de la nature de l'univers ; Timée de Locres, de l'âme du monde ; Lettre d'Aristote à Alexandre sur le système du monde ; par l'abbé Batteux, avec le texte grec. *Paris*, 1768, in-8, v. m.

34. Lucrèce, de la nature des choses, trad. nouv., avec des notes (par Lagrange). *Paris*, 1768, gr. in-8, 2 vol., v. porph., tr. dor.

35. Bruno ou du principe divin et naturel des choses, par Schelling. *Berlin*, 1802, in-8., bas. (*En allem.*)

36. De la philosophie de la nature, par Delisle de Sales. *Paris*, 1804, in-8, 10 vol., dem.-rel.

37. Esquisse de philosophie morale, par Dugald-Stewart, trad. par Jouffroy. *Paris*, 1826, in-8, bas.

38. Essai philosophique concernant l'entendement humain, par Locke, trad. par M. Coste. *Amst.*, 1750, in-12, 5 vol., v. — Recherches sur l'entendement humain, d'après les principes du sens commun, par Th. Reid., trad. de l'angl. *Amst.*, 1768, in-8, 2 vol., v.

39. Essai analytique sur les facultés de l'âme, par Ch. Bonnet. *Copenhague*, 1760, in-4, dem.-rel.

THÉOLOGIE.

I. PAGANISME.—GÉNÉRALITÉS.

40. Nat. Comitis mythologia. *Patavii*, 1637, in-4, fig. sur bois, vél.

41. Pantheum mythicum seu fabulosa deorum historia, auct. Fr. Pomey. *Ultraj.*, 1701, in-12, fig., vél.

42. El. Schedii de diis Germanis. *Amst.*, *Elsev.*, 1648, petit in-8, v.

43. Die islændische Edda. *Stettin*, 1717, in-4, br.

44. Cérémonies religieuses de tous les peuples du monde. *Amst.*, 1727-38, in-fol., 7 vol., dem.-rel., n. rognés. (*En hollandais.*)

> Avec les 223 belles figures de B. Picard, premières épreures.

45. Les mêmes. *Paris*, 1789, gr. in-fol., 4 vol., dem.-rel., non rognés.

> Nouv. édit. enrichie de toutes les fig. comprises dans l'ancienne édition en sept vol., et dans les quatre publiés par forme de supplément.

II. RELIGION JUIVE.

46. Flavii Josephi judaicæ antiquitatis lib. VII. *S. l. n. a.*, gr. in-fol., v. f., fers à fr.

47. Histoire des Juifs, écrite par Flavius Joseph, trad. par Arnauld d'Andilly, *Suiv. la copie... Bruxelles*, *H. Fricx*, 1676, in-12, fig., 5 vol., mar. rou., fil., tr. dor. (*Rel. ancienne.*)

48. La même. *Bruxelles*, *Fricx*, 1701, pet. in-8, fig., 5 vol., v., br.

49. Histoire des Juifs et des peuples voisins, par Prideaux. *Amst.*, 1744; avec les belles gravures de B. Picart, 2 vol., in-4, dem.-rel.

50. Histoire des Juifs depuis le déluge jusqu'à la fin du gouvernement de Moïse, par Rob. Cleyton. *Leyde*, 1752, in-4, cart., non rog.

51. Had. Relandi antiquitates sacræ veterum Hebræorum. *Tray.-ad-Rh.*, 1741, in-4, fig., dem.-rel., n. rog.

52. Diatriba de avibus esu licitis, quam ex cod. sacro talmudico Chullin et naturæ scrutinia... edidit Andr. Norrelius. *Upsaliæ*, 1746, in-4, br.

53. Essai sur la régénération physique morale et politique des Juifs, par Grégoire, curé de Metz. *Metz*, 1789, in-8.; br.

III. CHRISTIANISME.

A. INTRODUCTION. — ECRITURE SAINTE.

54. Traité de la Vérité de la Religion chrétienne, trad. du lat. de Grotius, par l'abbé Goujet. *Paris*, 1754, in-12, 2 vol., br.

55. Religion chrétienne démontrée par la résurrection de N.-S.-J.-C., trad. de l'angl. par A. D. L. C. *Paris*, 1729, in-4, bas.

56. De scriptoribus ecclesiasticis, auct. Bellarmino. *Lugd.*, 1675, in-8, v.

57. Bibliotheca sacra, auct. Jac. Le Long. *Paris.*, 1709, in-8, 2 vol., v.

58. Vetus Testamentum, ex versione LXX interpretum, olim ad fidem codicis MS. Alexandrini summo studio... expressum à Grabe, nunc... locupletatum curà Jo. Jac. Breitingeri. *Tiguri*, 1730, in-4, 4 vol., v.

59. Biblia sacra, vulgatæ editionis, Belgicò, studio quorumdam theologorum Lovaniensium recognita. *Antverpiæ*, Petr. Jac. Paets, 1657, in-fol. goth., rel. en bois.

Edition remarquable, ornée de plusieurs centaines de figures sur bois par le célèbre graveur Van Sichen, d'après Albert Durer.

60. Biblia sacra, vulg. edit. *Col.-Agr.*, *Balt. ab Egmont*, (*Elzev.*), 1666, in-12, 8 vol., v.

61. Biblia sacra, vulg. edit. *Col.-Agr.*, *Balth. ab Egmont*, (*Elzev.*), 1682, pet. in-8, v.

62. La Bible française-latine, qui est toute la saincte escriture. *Impr. de Jaq. Bourgeois*, 1568, in-fol., fig., rel. en bois.

63. La Sainte-Bible françoise selon la vulgaire latine, avec sommaires extr. des Ann. du card. Baronius; plus, les moyens pour discerner les bibles franç. catholiques d'avec les huguenottes, par P. Frison. *Paris*, 1621, in-fol., 3 vol., v.

Edition estimée, ornée d'un grand nombre de très-belles figures.

64. La Sainte Bible, publ. par les soins de Sam. et Henry Des Marets. *Amst.*, *L. et Dan. Elzevier*, 1669, gr. in-fol., 2 tom. en 1 vol., mar. br., forte reliure avec fermoirs et coins en cuivre.

65. La Ste Bible, trad. par de Saci. *Paris,* 1759, in-fol., br.

66. Catholische Bibell, Arn. durch D. J. Dietenberger. *Cælln,
Quentel,* 1621. Gros vol. in-fol., rel. en bois, fermoirs.

    Cette bible est ornée d'un grand nombre de fig. sur bois, par Vir-
gile Solis, de Nuremberg; Abraham Bruyn, Simon Huber et autres.

67. Biblia sacra... Bible en allemand, trad. par Ulenberg,
curé à Cologne, dédiée à l'archevêque. *Bamberg,* 1705,
in-4, 2 vol., v.

    Cette bible contient plusieurs centaines de figures sur bois, par-
faitement gravées par Elie Porzel, de Nuremberg, dont on voit le mo-
nogramme.

68. I Sette Salmi penitentiali, imitati in rime dall Dott.
Agostino Agostini, et I Sette Salmi della misericordia, la-
tini, raccolti da Gir. Fagiolo. *Anversa,* 1666, in-16, cart.

    Avec 20 figures singulières.

69. Fr. Fischeri prolusiones de vitiis Lexicorum Novi Testamenti. *Lipsiæ,* 1791, in-8, br.

70. Geo. Pasoris manuale Novi Testamenti. *Amst., Lud.-
Elzev.,* 1654, pet. in-12, cart. (*Interfolié et annotat. mss.*)
— Ejusd. manuale græcorum vocum N. Testamenti. *Amst.,
J. Jansson, Elzevir,* 1649, pet. in-12, parch.

71. Novum Jesu Christi Testamentum. *Paris., Barbou,* 1767,
in-12, v. m., fil., tr. dor.

72. Nouveau Testament de N.-S.-J.-C., trad. en franç. selon
la Vulgate. *Liége,* 1700, in-12, 4 vol., br.

    Figures et vignettes par Harriwyn.

73. Novum testamentum syriacum, cum Lexico et institutio-
nibus ling. syriacæ, auct. Guibirio. *Hamburgi,* 1663,
in-8, v., tr. dor.

74. Codex pseudepigraphus veteris Testamenti, edento Fa-
bricio. *Hamb.,* 1722, pet. in-8, 5 vol., v.

75. Fragmentum Evangelii S. Joannis græco-copto-thebai-
cum, sec. IV, et liturgica fragmenta veteris ecclesiæ, etc.,
operâ Ant. Georgii. *Romæ,* 1789, in-4, br.

76. Morale de la Bible, par Chaud. *Paris,* 1817, in-8, 2 vol.,
v., fil.

77. Breviarium bibliorum sive compendium totius S. scrip-
turæ, auct. P. Aureolo. *Lovanii,* 1647, pet. in-8, cart.—
Histoire et concorde des quatre Evangélistes. *Bruxelles,
Friex (Elzevir),* 1670, pet. in-12, v.

78. Concordantia sacrorum bibliorum vulgatæ editionis, à

Franc, Luca. *Col.-Agrip.*, B. ab Egmond. (*Elzev.*), 1684, gr. in-8, v.

B. HISTOIRES DE LA BIBLE. — VIE ET OUVRAGES DIVERS SUR JÉSUS-CHRIST ET LA SAINTE VIERGE.

79. Historia veteris et novi Testamenti, carmine in compendium contracta, auct. Joa. Impens; partes duæ. *Lovanii*, 1656-58, pet. in-4, cart.

80. De Historien van het oude... Les histoires du Vieux et du Nouveau Testament, avec les figures de Rom. de Hooge et autres. *Amst.*, *Lindenberg*, 1715, in-fol., v.

> Les figures, en grand nombre, sont remarquables par leur dessin et leur originalité.

81. Histoire sacrée de la Providence et de la conduite de Dieu sur les hommes, tirée de l'Ancien et du Nouveau Testament, représentée en 500 tableaux gravés par Raphaël et par Demarne. *Paris*, *l'auteur*, 1728, gr. in-4, fig., 3 vol., v. br.

82. Figures des histoires de la Bible, en allemand, par J. Ulr. Kraussen. *Augsbourg*, 1702, in-fol., cart.

> 97 figures.

83. Histoire de Joseph, accompagnée de 10 figures, grav. sur les modèles de Rembrandt, par le comte de Caylus. *Amst.*, 1757, in-fol., d.-rel. (*Rare.*)

84. Vita et doctrina J. Christi, per Nic. Avancinum. *Antv.*, 1735, in-12, br.

85. Histoire de la vie de Jésus-Christ, par le P. de Ligny. *Paris*, 1801, in-4, pap. vél., 2 vol., mar. bleu, dent., tr. dor.

> Figures avant la lettre.

86. La même, v. rac., fil.

87. Joa. Bourghesii Vitæ, Passionis et Mortis Jesu Christi mysteria. *Antv.*, 1622, pet. in-8, bas.

> Avec 77 figures grav. par Boece à Bolswert.

88. Mystères de la Vie, Passion et Mort de Jésus-Christ, par le P. Jean Bourgois. *Anvers*, 1622, in-8., parch.

> Mêmes figures que le n° précédent; belles épreuves.

89. Méditations sur la vie et la passion de N. S. Jésus-Christ, sur les mystères de la sainte Vierge, etc., trad. du lat., du P. Busée. *Brusselle, Foppens*, 1707, pet. in-8, br.

  70 jolies figures.

90. Perpetua Crux sive Passio Jesu Christi a puncto incarnationis ad extremum vitæ, iconibus 40 explicata.==Altera perpetua Crux, a fine vitæ usque ad finem mundi in perpetuo Altaris Sacrificio, cum 40 iconibus. == Perpetuus gladius Reginæ Martyrum ab annuntiatione usque ad obitum, cum septem iconibus. *Antverpiæ*. 1649, pet. in-12, 3 part. en 1 vol., br.

  87 gravures sur bois par André Salmincio.

91. Tableaux de la Passion et les actions du Prestre à la sainte Messe. *Paris*, 1716, in-12, br.

  36 figures sur bois gravées par Papillon.

92. Unus pro omnibus, hoc est Christus Jesus Dei filius pendens in ligno pro homine indigno, ab Ant. Ginther. *Aug.-Vind.*, 1755, in-4, br.

93. Corn. Curtii de Clavis Dominicis Liber. *Antverpiæ, Aertssens*, 1634, pet. in-12, jol. fig., vél.

94. Justu Lipsius de Cruce. *Antverpiæ*, 1594, in-4, fig., vél.

95. Titulus S. Crucis, auct. Nicqueto. *Antverpiæ*, 1670, in-12, vél. — Cappelli Epicrisis de ultimo Christi paschale. *Amst.*, 1644, in-12, parch. — Bartholini de Cruce Christi hypomnemata IV. *Amst.*, 1670, in-12, v.

96. Histoire du développement de la doctrine sur la personne du Christ, par Dorner. *Stuttgard*, 1839, in-8, br. (*En allem.*)

97. Le culte de la sainte Vierge dans toute la catholicité, principalement en France et dans le diocèse de Paris, par M. Egron. *Paris*, 1842, in-8, br.

98. Mundus Marianus sive Maria speculum mundi sublinaris, auct. Laur. Chrysogono. *Aug.-Vind.*, 1712, in-fol., v.

99. Atlas Marianus quo S. D. gen. Mariæ imaginum miraculosorum origines explicantur, auct. G. Gumppenberg. *Monachi*, 1672, in-fol., parch.

100. Atlas Marianus sive de imaginibus Deiparæ per orbem

Christianum miraculosis, lib. II, auct. Guil. Gumppenberg, *nachi*, 1657, pet. in-12, parch.

Rempli de jolies figures.

101. Gazophylacium marianarum virtutum numeris poeticis concinnatum, a. R. Franc. Brigant. *Utini*, 1669, pet. in-4.

102. Historia de la admirable invencion y milagros de la thaumaturga imaginen de N. Sen. de la Pena de Francia, por el dichoso Simon Vela de nacion francese. *Salamanca*, 1628, in-4, parch.

103. Compendio historico en que se da noticia de las milagrosas y devotas imagenes de la Reyna de Cielos y tierra Maria santissima, que se veneran en los mas celebres santuarios de Espana, per el P. Juan de Villafanae. *Madrid*, 1740, in-fol., parch.

104. Conchylium marianum vetuss. et venustissimæ gemmæ Moraviæ; seu tractatus augustiss. cœli, terræq. reg. Mariæ... in sua imagine a Divo Luca evang. depictæ, Brunæ Moravorum in Basil. fratr. Eremitarum S. Aug., etc. *Brunæ*, s. a., in-fol., bas.

Avec 4 grandes figures.

105. Historia universal de la primitiva y milagrosa imagen de N. Senora de Guadalupe, fundacion y grandezas de su Santa Casa... Reflerense las historias de las plausibles imagines de N. S. de Guadalupe de Mexico, per el P. Franc. de S. Joseph. *Madrid*, 1743, in-fol., parch.

106. Didaci del Castillo ord. S. B. et Artiga Alphabetum Marianum. *Antv.*, 1712, in-fol., br.

107. R. P. Marraccii Polyanthea Mariana. *Col. Agr.*, 1710, in-4, br.

108. Sedlmayr Mariana Theologia. *Monacæ*, 1758, fort vol. in-4, br.

109. Joa. Bapt. van Ketwigh Panoplia Mariana ex armamentariis SS. Patrum... ac S. Scripturæ monumentis deprompta. *Antv.*, 1720, in-4, bas.

110. Mater amoris et doloris quam Christus in cruce moriens omnibus fidelibus legavit, auct. Ant. Ginther. *Aug.-Vind.*, 1741, in-4, fig., br.

111. Tractatus Marialis de Laudibus et Prærogativis B. M. Virginis, auth. P. Car. van Hoorn. *Gundavi*, 1660, in-4, vél.

112. Virgo Maria Mystica Sub Solis Imagine emblematicè
expressa, per Joa. de Leenher. *Lovanii*, 1681, in-4.

> 26 figures emblématiques.

113. Maria Rosa mystica in sermonibus asceticis ab Ant.
Vieira exposita. *Aug.-Vind.*, 1701, in-4, 2 vol., br.

113 *bis*. Fasti Mariani cum divorum elogiis in singulos anni
dies distributis, auct. P. And. Brunner. *Antv.*, 1660, in-12,
fig., parch,

114. Gaudinus, Assumptio Mariæ Virginis vindicata. *Paris.*,
1670, in-8, cart.

115. Officium B. Mariæ Virg. et liber psalmorum (Fland.).
In-8, v.

> Manuscrit du xvᵉ siècle. Quelques lettres ornées.

116. Delacroix Hortulus Marianus, sivo praxes Mariæ Co-
lendi L. V. Mariam. *Col.-Agr.*, *Corn. ab Egmond*, 1630,
in-24, fig., br.

C. COMMENTAIRES. — PHILOLOGIE SACRÉE.

117. Procopii sophistæ christiani variarum in Esaiam com-
mentariorum epitome, gr.-lat. *Paris.*, 1580, in-fol., dem.-
rel.

118. Procopii in libros Regum et Paralipomenon scholia, ed.
Meursius. *Lugd.-Bat.*, 1620, in-8, mar., tr. d.

119. Vitringa commentarii ad librum prophet. Zacharia .
edente Venema. *Leovrdiæ*, 1724, in-4, vél.

120. Michaëlis orientalische und exegetische Bibliothek.
Francfurt, 1771-77, in-8, 14 part. en 7 vol., dem.-rel.

121. Fr. Spanhemii vindiciarum biblicarum libri duo. *Hei-
delb.*, 1673, in-4, parch.

122. Jac. Usserius de græca LXX interpretum versione. *Londini*, 1655, in-4, vél. —- Schotani diatribe de authoritate
versionis gr. LXX interpretum. *Francq.*, 1663, in-4, parch.

123. Ant. Van Dale dissertatio super Aristea de LXX interpr.
additur historia Baptismorum. *Amst.*, 1705, in-4, vél. —
Contra historiam Aristeæ de LXX interpretibus dissertatio,
per Humfr Davis. *Oxoniæ*, 1586, in-8, dem. rel.

124. Br. Heidani de sabbato et die dominico disputationes II.
Lugd.-Bat., *Verbiest (Elzev.)*, 1658. == Joa. Cocceji inda-
gatio naturæ sabbati et quietis novi testamenti. *Lugd-Bat.*,
J. Elzev., 1658, pet. in-12, vél.

125. Jac. Ode commentarius de Angelis. *Traj. ad Rh.*, 1755, gr. in-4, vél. cordé.

126. Scacchi Sacrorum Eræochrismaton Myosthecia tria in quibus olea, atque unguenta divinos in codices relata. *Amst.*, 1701, in-fol., fig., br.

126 *bis.* Chr. Adrichomii Theatrum Terræ-Sanctæ et biblicarum historiarum, cum tabulis geographicis ære expressis. *Col.-Agrip.*, 1722, in-fol., fig., br.

D. SAINTS PÈRES ET DOCTEURS DE L'ÉGLISE.

127. P. Domin. Schram analysis operum SS. Patrum et scriptorum ecclesiasticorum. *Aug.-Vind.*, 1780-90, in-8, fig., 13 vol., bas.

128. Veterum scriptorum et monumentorum ecclesiasticorum et dogmaticorum amplissima collectio, opera et studio Martene et Durand. *Paris.*, 1724-33, in-fol. 9 vol., br.

Incomplet de la fin du tome III et du titre du tome IX.

128 *bis.* Epistolæ genuinæ S. Ignatii martyris et S. Barnabæ epistola, gr. et lat., edidit Is. Vossius. *Amst.*, *J. Blaeu* (*Elsev.*), 1646, in-4, vél.

129. Discours d'Athénagore sur la résurrection des morts, trad. du gr. par le P. Reiner. *Breslau*, 1753, pet. in-8, br.

130. Origenis in S. S. commentarius, gr. et lat., ed. Huetius. *Colon.*, 1685, in-fol., 2 tom. en 1 vol., peau de truie.

131. S. Athanasii opera omnia, gr. et lat. *Coloniæ*, 1686, in-fol., 2 vol., v.

132. Eadem, edita opera Mon. ord. S. Bened. *Paris.*, 1698, in-fol. (tom. 2), v.

133. Vie de S. Grégoire de Nazianze, par J.-B. Bauduez. *Lyon*, 1827, in-8, v.

134. S. Gregorii Nazianzeni opera omnia, gr. et lat., edita studio mon. ord. S. Bened., tomus primus. *Paris.*, 1788, in-fol., v.

135. S. Gregorii Nazianzeni opera, tomus secundus. *Paris.*, 1630, in-fol., v.

136. S. Joannis Chrysostomi opera omnia, edita curâ Bernardi de Montfaucon. *Paris.*, 1718, in-fol., v. (Tom. 1 à 8).

137. S. Ephraem Syri opera, syriacè et lat. *Romæ.*, 1740, in-fol., tom. 2, dem.-rel.

138. Gerhardi Zutphanensis scriptoris religiosissimi opuscula. *S. l. n. a.*, pet. in-8, v.

139. Les œuvres de S. Cyprien, trad. en franç. par Lombert. *Rouen*, 1616, in-4, v.

140. Vie de S. Augustin. *Lyon*, 1836, in-8, bas.

141. S. Augustini Confessiones. *Antuerpiæ, Plantin*, 1750, in-8, br.

142. Confessiones S. Augustini, ed. studio H. Sommalii. *Col., Egmond*, 1683, in-24, br. — Meditationes S. Augustini; Anselmi, Bernardi Idictæ viri docti de amore divino lib., editæ opera H. Sommalii. *Col., Egmond*, 1702, in-24, br.

143. Aur. Augustinus, de veneranda Eucharistia, editore F. Joa. Mantelio. *Leodii*, 1655, in-4, v.

143*bis* Gennadii homiliæ de sacramento Eucharistiæ, Meletii, Nestorii, aliorum de eodem argumento opuscula, edid. *Eus. Renaudot. Paris.*, 1709, in-4, v.

144. Œuvres de S. Prosper d'Aquitaine sur la grâce de Dieu et le libre arbitre. *Paris*, 1762, in-12, v.

145. S. Bernardi abb. clar. opera, edita cura et studio Horstii et D. Joa. Mabillon. *Venetiis*, 1727, in-fol., 6 tom. en 3 vol., vél.

146. Thomæ a Kempis opuscula varia, cum notis Jac. M. Horstii. *Col.-Agr.*, 1710, in-12, fig., 2 tom. en 1 vol., br.

147. Rob. Bellarmini opera varia. *Col. - Agr.*, 1740, pet. in-12, 5 vol., dem.-rel.

148. Œuvres posthumes de Bossuet. *Paris*, 1753, in-4, 3 vol., v.

149. Œuvres de Fénelon. *Paris, Didot*, 1787, in-4, 9 vol., v. m., fil., tr. dor.

150. Œuvres de Fléchier. *Nismes*, 1782, in-8, 10 vol., bas.

F. DOGME. — POLÉMIQUE.

151. De Deo uno, trino, creatore, auct. Ign. Der-Kennis. *Bruxellis, Fr. Foppens.*, (*Holl., Elzev.*), 1655, in-8, vél.

152. Théologie physique ou démonstration de l'existence et des attributs de Dieu, par Guill. Derham. *Rott.*, 1730. in-8, dem.-rel. — Théologie de l'eau, par Fabricius. *La Haye*, 1741, in-8, dem.-rel.

153. Considérations sur les œuvres de Dieu dans le règne de la Nature et de la Providence pour tous les jours de l'année, par Sturm. *La Haye*, 1777, in-8, 2 vol., d.-rel.

154. Th. Stapletoni promptuarium catholicum. *Aug.-Vind.*, 1749, in-4, br.

155. Introduction del Simbolo de la Fe, compuesto por el R. P. Fray Luys de Granada. *Barcelona, Seb. de Cormellas*, 1603, in-fol., 5 part. en 2 vol., v. br.

Rare.

156. Catéchisme de Canisius, en grec. *Augsbourg, J. Kruger*, *s. d.*, in-12, parch.

Rempli de jolies gravures sur bois.

157. Theologia sive scientia de Deo secundum orthodoxam orientalis ecclesiæ fidem variis expositis thesibus, sacra scriptura, conciliis et auctoritate patrum probatis, illustrata in imperiali Academia Mosquensi, inchoata vero anno Domini 1749. In-4, dem.-rel. (*Manuscrit.*)

158. Compendium theologiæ classicum didactico-polemicum, operà archimandritæ Sylvestris. *Mosquæ*, 1805, in-8, v. — Karpinski Compendium orthod. theologicæ doctrinæ. *Lipsiæ*, 1786, in-8, v.

159. Chr. D. Beckii institutio historica religionis christianæ et formulæ nostræ dogmatum. *Lipsiæ*, 1811, in-8, br.

160. Leonis Allatii de utriusque ecclesiæ perpetua in dogmate de purgatorio consensione lib. *Romæ*, 1655, in-8, d.-rel.

161. Disputationes theologicæ, altera de virtute, altera de sacramento pœnitentiæ propositæ in collegio. Mosquensi, anno 1710, in-4, vél. (*Manuscrit.*)

162. De communione veteris ecclesiæ syntagma, auct. J. Jonstono. *Amst., Elzev.*, 1658. = La philosophie du chrétien, sermon... par Fréd. Spanheim. *Heidelberg, s. d.*, pet. in-12, vél.

163. Joh. Fasoldi Græcorum veterum theologia. *Jenæ*, 1676, in-16, v.

164. De nævis in religionem incurrentibus, aut. Muratori. *Lugd.*, 1749, in-8, parch.

165. Mat. Hauzeur epitome totius Augustinianæ doctrinæ *Paris.*, 1646, in-fol., 2 part. en 1 vol., vél.

166. Confessio Augustiniana in libros quatuor distributa, per Hier. Forrensem. *Dilingæ*, 1567, in-4, v.

167. Raisons très-fortes..... tirées des actions incomparables de l'illustris. Christ. de Cheffontaines, archev., contre les sacramentaires, etc., par un P. récollet de Liége. *Namur*, 1646, pet. in-8, v.

168. Fr. Lucæ Waddingi legatio Philippi III et IV ad Pontificos Paulum V et Gregorium XV, de definienda controversia immaculatæ conceptionis B. Virg. Mariæ. *Lovanii*, 1624, in-fol., parch.

169. Consilium pietatis de non sequendis errantibus, sed corrigentibus juxta retractationes : 1° Philippi IV, Gall. regis circa gesta contra Bonifacium VIII. 2° Joa. Charlier, Gersonii, circa suà novitates, per P. Bern. Desirant. *Col.-Agr.*, 1725, part. en 1 vol., bas.

170. Lettres de quelques juifs portuguais, allemands et polonais, à Voltaire, par Guenée. *Paris, s. d.*, in 8, 3 vol., cart.

171. Ouvrages de M. Lesley, contre les déistes et les juifs, trad. de l'angl., par le R. P. Houbigant. *Paris*, 1770, in-8, bas.

172. Exposition de la doctrine de Leibnitz sur la religion, avec un nouveau choix de pensées morales, par Emery. *Paris*, 1810, in-8, br.

173. Les vues de la religion chrétienne et catholique, classées d'après Pascal, par l'abbé Germain. *Paris*, 1809, in-8, br.

F. MORALE. — TRAITÉS DIVERS. — SERMONS.

174. Polyanthea sacra, ex universæ sacræ scripturæ utriusque testamenti figuris, symbolis, testimoniis, necnon e selectis patrum, aliorumque authorum sententiis.... variisque historiis collecta, labore et studio P. And. Spanner. *Aug.-Vind.*, 1715, in-fol., 2 vol., v.

175. L'Evangile code du bonheur, par M. L. H. R. D., confesseur de Mme Adelaïde de France. *Trieste*, 1800, pet. in-8, dem.-rel.

176. Ben. Rogacii christiani hominis judicia et mores correcti. *Ingolst.*, 1716, pet. in-8, br.

177. Officium sive obligatio hominis christiani, auct Will. Will. *Lovanii*, 1717, in-12, 3 tom. en 2 vol., br. — Officium sive obligatio canonici. *Ibid.*, 1708, in-12, br.

178. Les principes et les règles de la vie chrétienne, par le

card. Bona. *Bruxelles, van de Velde, (Elzevir)*, 1673, pet. in-12, v.

179. OEconomie chrétienne, contenant les reigles de bien vivre, tant pour les gens mariés qu'à marier, etc., par le R. P. J. de Glen. *Liége*, 1608, fort vol. in-8, v.

180. Alf. Ant. de Sarasa Ars semper gaudendi ex principiis divinæ Providentiæ et rectæ conscientiæ. *Francof.*, 1750, in-4, 2 part. en 1 vol., br.

181. Æsopus epulans, sive discursus mensales inter confratres petrinos curatos innocenter sine offensa tertii, etc. *Francof.*, 1751, in-4, br.

182. Complainte à Jésus-Christ, par le R. P. Charles de l'Assomption, contre les rigoristes qui retirent les hommes de la confession. *Liége*, 1683, pet. in-8, v.

183. Matth. Stoz tribunal pœnitentiæ. *Bambergæ*, 1766, in-4, br.

184. Industria spiritualis in qua modus traditur præparandi se ad confessionem aliquam plurimorum annorum, etc. Pet. in-8, 3 vign., v.

> Petit ouvrage curieux et rare.

185. De la Mort et du jugement dernier, par Sherlock, trad. de l'angl., par Dav. Mazel. *Amst.*, 1712, in-8, fig., 2 part. en 1 vol., br.

186. Traité contre les danses et les mauvaises chansons (par l'abbé Gauthier). *Paris*, 1775, in-12, br.

187. Epistola familiaris parochi ad amicum de comœdiis, labaismis, etc. 1800 = Seconde lettre d'un curé à un de ses confrères, sur les comédies, les bals, les danses, etc., 1800, et autres pièces, in-8, bas.

188. Traité des sources de la corruption qui règne aujourd'hui parmi les chrétiens. *Amst.*, 1700, in-8, 2 part. en 1 vol., vél.

189. L'Usure ensevelie ou défense des Monts-de-Piété, de nouveau érigez aux Pays-Bas, pour exterminer l'usure, par J. Boucher, doct. en théol. à la Sorbonne, avec la repartie d'un prétendu docteur en théologie. *Tournay*, 1628, in-4, cart.

190. Dan. Stadler tractatus de duello honoris vindice. *Ingolst.*, 1751, in-4, br.

191. Miroir pour les personnes colères. *Liége, Montfort*, 1686, pet. in-12, cart.

192. Le Bréviaire des courtisans et le Réveille-matin des dames, par le sieur de la Serre. *Bruxelles, Vivien,* 1653, pet. in-8, vél.

Avec les figures de Vanhorst et de Jode.

193. Les Jeux admirables de la divine providence, par M. de Gerimont. *Cologne, C. d'Egmont,* 1690, pet. in-8, v.
194. Les Pensées et les Provinciales de Bl. Pascal. *Paris, Renouard,* 1803, in-12, pap. vél., 4 vol., dem.-rel.
195. Les Provinciales (par Pascal). *Cologne, Nic. Schoute, (Elzev.),* 1659, in-8, vél.
196. Les Imaginaires et les Visionnaires (par Nicole). *Cologne, Pierre Marteau, (Elzevir),* 1683, in-8, vél.
197. Cours de morale chrétienne et de littérature religieuse, par l'abbé de Feller. *Paris,* 1824, in-8, 5 vol., br.
198. Essai sur l'éloquence de la chaire, par Maury. *Paris,* 1827, in-8, 3 vol., bas.
199. P. Justini Miechoviensis discursus prædicabiles super litaniaslauretanas B.M.Virginis. *Aug.-Vind.,* 1735, in-fol., 2 tom. en 1 vol., bas.
200. Promptuarium morale super evangelia festorum totius anni, auct. Laur. Beyerlinck. *Aug.-Vind.,* 1749, in-4, 3 vol., br.
201. Xaverius dormiens et Xaverius experrectus in XII sermonibus exposita, a R. P. Ant. Vieira. *Aug.-Vind.,* 1701, in-4, br.
202. Omelie di Mgr Fr. Adeodato Turchi. *Parma, St R. (Sodoni),* 1788, in-4, dem.-rel.
203. Sermones (flandricè.) Pet. in-8, mar. (*Manuscrit sur pap.*)

G. LITURGIE.

204. Traité historique de la liturgie sacrée ou de la messe, par L. A. Bocquillon, chan. d'Avalon. *Paris, Anisson,* 1701, in-8, v,
205. Missa apostolica; missa S. Gregorii, etc. *Lutetiæ,* 1575, in-8., mar., tr. dor.
206. Geo. Codinus de officiis et officialibus Curiæ et Ecclesiæ Constantinopolitanæ, curâ Goar. *Paris.,* 1648, gr. in-fol., v.
207. Breviarium Perisiense. *Paris.,* 1762, in-8, 4 vol., v.

208. Preces piæ (lat. et flandricè), cum calendario. Pet. in-4,
v. gr., dent., tr. dor.

> Manuscrit du xv° siècle, de 266 pages, sur vélin, avec 10 minia-
> tures de maîtres flamands, nombreuses lettres ornées et arabesques
> riches et du meilleur style. On a joint des prières en flamand ; 62
> pages d'une écriture plus moderne et moins soignée. Cette seconde
> partie est ornée de 20 petites miniatures.

209. Preces piæ (flandr.). Pet. in-8, v.

> Manuscrit du xv° siècle, d'environ 400 pages, sur vélin. Quelques
> lettres ornées.

210. Preces piæ (flandr.). Pet. in-8, v.

> Manuscrit du xv° siècle, d'environ 300 pages, sur vélin.

211. Preces piæ (flandr.). Pet. in-8, cart.

> Manuscrit du xv° siècle, sur vélin. 35 lettres rehaussées d'or et ara-
> besques.

212. Livre de prières en flamand. In-16, v.

> Manuscrit du xv° siècle, sur papier.

213. Enchiridion piarum meditationum in dominicas ac
festa totius anni, auct. Joa. Busæo. Ant., 1723, in-12, v.
214. Prières touchantes et affectives, par Barbé. Brusselles,
1729, in-12, 3 vol., br.
215. Le chrétien fervent, ou Recueil de diverses prières pour
passer chrétienn. la journée. Mannheim, 1760, in-8, br.
216. A book of christian prayers, collected out of the ancient writers. London, R. Yardley, 1590, pet. in-4, goth.,
v. dent. (Raccommodages.)

> Encadrements sur bois à l'imitation de nos anciens livres d'heures.

II. ASCÉTISME.

217. Col. Beistel Schola religiosa asceseologia. Campidonæ,
1757, in-8, fort vol., br.
218. Hier. Drexelii opera varia. Amst. et Coloniæ, 1634-59,
pet. in-12, fig., 28 vol., v.
219. Imitation en vers, par Corneille. Brusselles, 1723, pet.
in-8, fig., br.
220. Currus Israel et auriga ejus ducens hominem christianum per vias rectas... in cœlum, auct. Ant. Ginther. Aug.
Vind., 1701, in-4, br.
221. Lux SS. Rosarii, auct. R. P. Al. Bouchout, et tracta-

tulus de archiconfraternitate SS. nominis Dei. *Lovanii*, 1669, in-4, parch.

222. Réflexions sur la miséricorde de Dieu, par Mlle de La Vallière. *Bruxelles, Foppens*, 1712, pet. in-8, br. — Traité de la confiance en la miséricorde de Dieu, par Mgr J.-J. Languet, év. de Soissons. *Bruxelles*, 1740, pet. in-8, br.

223. Flores Meditationum, ex. S. Ignatio, Patre Rusæo, aliis-que Soc. Jesu patribus excerpti. *Col-.Agr.*, 1623, pet. in-12, parch.

224. Méditations religieuses, trad. de l'allem., par Ch. Monnard. *Lausanne*, 1841, in-8, 4 vol., bas.

225. Idée de la perfection chrestienne, par le P. Henry de Comans, minime. *Bruxelles, Virien*, 1645, pet. in-12, vél.

226. Le nouveau Pédagogue chrétien, contenant toute la perfection chrétienne, par le R. P. d'Outreman, jés. *Mons*, 1645, in-4, 2 vol., vél.

227. Exercices spirituels de l'excellence, profit et nécessité de l'oraison mentale, par le R. P. Molina, trad. en franç. par R. Gauthier. *Paris*, 1631, in-8, v.

228. Pratiques de piété pour honorer le saint Sacrement, tirées de la doctrine des Conciles et des Saints Pères (par Richard, curé de Triel). *Cologne, Balthazar d'Egmont*, 1683, gr. in-8, fig., br.

229. Journal des Saints, ou Méditations pour tous les jours de l'année, par le P. Crossez. *Brusselles*, 1726, pet. in-8, 3 vol., br.

230. Réflexions sur J.-Ch. mourant, par le P. Tribolet. *Brusselles*, 1730, in-12, br.

231. Cam. Hectorei Solitudo Sacra ad dies octo.., jnxta ideam Exercitionum S. Ignatii accommodata. *Coloniæ*, 1715, in-8, br.

232. Sentimens d'un chrétien touché d'un véritable amour de Dieu, par un solitaire de Sept-Fonts, représentés par 46 figures *Paris*, 1758, in-12, cart.

233. Ant. Sucquet Via vitæ æternæ, iconibus 32 per Boëtium à Bolswert illustrata. *Antverpiæ*, 1625, in-8, parch.

234. Chemin de la vie éternelle, par le P. Sucquet, trad. en franç. par le P. Pierre Morin. *Anvers*, 1623, in-8, fig. (32) de Boèce à Bolswert, parch. (*Mouillé.*)

235. Paradisus Sponsi et Sponsæ, in quo messis myrrhæ et

aromatum.... et Pancarpium marianum. auct. Joa. David.
Antv., Plantin, 1618, gr. in-8, br.

> Avec 105 figures par Théod. Galle.

236. Occasio arrepta, neglecta, hujus commoda, illius in-
commoda, auct. R. P. Joa. David. *Antverpiæ, Plantin*, 1605,
in-4, fig. de Galle, vél.

237. Ben. Haefteni Schola cordis sive aversi à Deo cordis ad
eumdem Reductio et Instructio. *Antverpiæ*, 1663, pet. in-8,
br.

> 55 figures de Boèce à Bolswert.

238. Oth. Vœnii Amoris divini emblemata. *Antv., Plantin*,
1660, in-4, v. br.

> 60 jolies figures.

239. G. Hesi Emblemata Sacra de Fide, Spe, Charitate,
Antv., Plantin, 1636, in-12, br.

> 114 vignettes gravées sur bois.

240. Flammulæ Amoris S. P. Augustini, versibus et (29)
iconibus exoarnata, auct. F. Mich. Hoyero. *Antv., Verdussen*,
1708, pet. in-12, br.

241. Necessaria ad salutem scientia per iconas LII representata, auct. Jud. Andries. *Antv.*, 1654, pet. in-12, br.

242. La vertu enseignée par les oiseaux, par le P. Alard Le
Roy, jés. *Liége, Bronckart*, 1653, pet. in-8, avec 14 fig.,
v. (*Mouillé*.)

243. Revelationes S. Brigittæ, a Cons. Duranto notis illustratæ. *Antuerpiæ*, 1611, in-fol., v.

I. DROIT CANONIQUE.

244. Gratiani decretorum libri V. *Romæ*, 1727, in-fol.,
2 vol., v.

245. Aug. Theiner disquisitiones criticæ in præcipuas canonum et decretalium collectiones, etc. *Romæ*, 1836, in-4,
dem.-rel.

246. Lud. Nogueira expositio bullæ cruciatæ Lusitaniæ con-
cessæ. *Antv.*, 1716, in-fol., v.

247. Jo. Geo. Pertschii commentatio juris ecclesiastici de
crimine simoniæ. *Halæ-Magdeb.*, 1719. == Commentatio
hist.-theol. qua nobiliss. controversia de consecrationibus
episcoporum anglorum recensetur et dejudicatur, ab Ol.
Kiorningio. *Helmest*, 1639, in-4, bas.

248. La gerarchia ecclesiastica considerata nelle vesti sagre e civili dal P. Bonanni. *Roma, 1720*, in-4, fig., 2 vol., dem.-rel.

249. Morientum in Domino jus, seu libertas sepulturæ catholicæ sacræ scripturæ testimoniis illustrata, contra calumnias hæreticorum per F. Ambrosium Peuplus. *Leodii, Tournay, 1655*, in-4, vél.

J. HISTOIRE ECCLÉSIASTIQUE.

2. GÉNÉRALITÉS. — MIRACLES.

250. Chronologie de l'histoire sainte, par Alph. des Vignoles. *Berlin, 1730*, in-4, 2 vol., v. f., fil.

251. Edw. Simsonii chronicon catholicon; recensuit Pet. Wesseling. *Lugd.-Bat., 1729*, in-fol., vél. cordé.

252. Ecclesiæ catholicæ a Christo ad nos usque speculum chronographicum, concinnabat Fr. M. C. (Fr. Mathias Chefneux.) *Leodii, 1670-71*, in-fol., 3 part. en 2 vol., v. f.

253. Historiæ ecclesiasticæ Eusebii Pamphili, Socratis, Theodoreti, etc., gr. *Lut., R. Stephanus, 1544*, in-fol., mar. rou., fil., tr. dor. (*Rel. anc.*)

254. Eusebii Pamphili, Socratis Scholastici et Hermiæ Sozomeni, Theodoreti, Evagrii, Philostorgii, etc. Historiæ ecclesiasticæ, edid. Henr. Valesius, gr. et lat. *Mogunti, 1672-79*, in-fol., 3 vol., parch.

255. Socratis Scholastici et Hermiæ Sozomeni historia ecclesiastica, gr. et lat., ed. H. Valesius. *Paris., 1668*, in-fol., v., br.

256. Nicephori Calliti historiæ ecclesiasticæ libri XVIII. *Paris., 1573*, in-fol., v.

257. L'histoire ecclésiastique de Nicéfore, trad. en franç. *Paris, 1578*, in-fol., v. ant., fil.

258. Sulpitii Severi opera omnia. *Amst., Elzev., 1656*, pet. in-12, vél.

258 *bis.* Jo. Laur. Moshemii institutionum historiæ ecclesiasticæ lib. IV. *Helmest., 1764*, in-4, v. br.

259. Annales ecclesiastici, auct. Car. Baronio et Odor. Raynaldo. *Romæ, 1588-1663*, in-fol., 20 vol., bas.

Il manque une partie de la table du tome VII.

260. Annales ecclesiastici, auct. C. Baronio. *Col,-Agr.*, 1609,
12 tom. — Annales eccl. continuati ab Od. Raynaldo. *Ib.*,
1692-1727, 9 tom.; in-fol., 21 tom. en 10 vol., peau de
truie.

261. Critica... in universos annales eccles. C. Baronii, studio
Fr. Pagi. *Antuerpiæ*, 1705, in-fol., 4 vol., peau de truie.

262. Historia ecclesiastica duorum primorum a Christo nato
sæculorum, aut. Jo. Clerico. *Amst.*, 1716, in-4, v.

263. Histoire ecclésiastique ancienne et moderne, par J. L.
Mosheim, trad. de l'original en lat., par Arch. Maclaine,
et de l'angl. en franç. *Maestricht*, 1776, in-8, 6 vol., bas.

264. Histoire de l'Eglise chrétienne, par Fortmann. *Olden-
burg*, 1835, in-8, br. (*En allem.*)

265. Histoire ecclésiastique depuis la réformation, par Schroek.
Leipzig, 1804, in-8, 10 vol., bi. (*En allem.*)

266. Theatrum crudelitatum hæreticorum nostri temporis
(auct. Verstegan). *Antuerp.*, 1592, in-4, fig., dem.-rel.

267. Essai historique sur l'influence de la religion en France
pendant le xviiᵉ siècle. *Paris, A. Leclerc*, 1824, in-8, 2 vol.,
br.

268. Mémoires pour servir à l'histoire de la Fête des Foux,
par Dutilliot. *Lausanne*, 1751, in-12, fig., br.

269. Abrégé d'un ouvrage qui a pour titre : Histoire et fatali-
tés des sacriléges, par Spelman. *Bruxelles*, 1789, in-8, br.

270. J. Laur. Moshcimii historia Tartarorum ecclesiastica.
Helmest., 1741, in-4, bas.

271. Spanhemii introductio ad historiam et antiquitates sa-
cras. *Lugd.-Bat.*, 1675, pet. in-8, v.

272. De picturis et imaginibus sacris, liber unus; auct. J.
Molano. *Lovanii*, 1570, pet. in-12, v.

273. Iconographia sacra a pictorum erroribus vindicata. *Antuerpiæ*, 1768, in-8, 16 pages.

274. Miracles arrivés à Ancône et à Rome en 1796. *Cologne*,
s. d., br. in-12.

275. Effets merveilleux de la Providence divine à l'égard de
onze Portugais naufragés aux Indes. *Mons*, 1693, pet.
in-12, cart.

2. HISTOIRE ECCLÉSIASTIQUE DE DIVERS PAYS.

276. Geographia sacra, sive notitia antiqua diœcesium omnium,
patriarchalium, metropoliticarum et episcopalium veteris

ecclesiæ, auct. Carolo a S. Paulo, cum notis Lucæ Holstenii. *Amst.*, 1704, in-fol., cart., non rogné.

277. Aub. Miræi notitia episcopatuum orbis christiani. *Antœrpiæ*, 1613, in-8, v.

278. Flodoardi presb. ecclesiæ Remensis canon. historiarum ejusdem ecclesiæ lib. IV, editi curâ et studio Jac. Sirmondi. *Paris*, 1611. === Hierogazophylacium sive thesaurus sacrarum reliquiarum Belgii, auct. Arn. Raynio *Duaci*, 1628, pet. in-8, dem.-rel.

279. Historia episcopatus Silvæducensis. *Bruxellis*, 1721, pet. in-4, br.

280. Historia de rebus ecclesiæ Ultrajectensis, a tempore mutatæ religionis in fœderato Belgio. *Colon.*, 1725, in-4, br. — Jac. Wimphelingii Catalogus episcoporum Argentinénsium. *Argent.*, 1660, in-4, br.

280 *bis.* Joa. Chapeaville gesta pontificum Leodiensium, *Leodii*, 1612-16, in-4, 3 vol., v.

Ouvrage savant qu'on trouve rarement complet.

281. Iter Fuldense ill. ac rev. Pet. Al. Carafæ, episc. Tricar. in quo periocha historiæ visitatio et reformatio celeberr. Abbatiæ S. Salvatoris civitatis Fuldensis continetur, *Leodii*, *Ouvers.* 1627, in-4, vél.

282. Eus. Renaudoti historia patriarcharum Alex. Jacobitarum. *Paris.*, 1713. in-4, v.

283. Nouvelles des Missions orientales. *Lyon*, 1808, in-12, br. — Relation de l'établissement du christianisme dans le royaume de Corée. *Londres*, 1800, pet. in-8, br. — Extrait du rapport fait au gouvernement de Madras, pet. in-8. (*Manuscrit.*)

284. Epistolæ indicæ et japanicæ de multarum gentium ad Ch. fidem per Soc. Jesu conversione. *Lovanii*, 1570, pet. in-8, v.

285. Lettre au duc du Mayne [sur les cérémonies de la Chine, par le P. Lecomte. *Liége*, 1700, pet. in-8, br.

3. HISTOIRE DES CONCILES ET DES PAPES.

286. Histoire des papes: crimes, meurtres, empoisonnements, parricides, adultères, incestes, depuis saint Pierre jusqu'à Gregoire XVI. *Paris*, 1842-1843. in-8, 10 vol., fig., br.

287. La papesse Jeanne, ou dialogues entre un protestant et un papiste, par Al. Cooke. *Sedan*, 1633, in-8, parch.

288. Familier éclaircissement de la question si une femme a été assise au siége papal de Rome entre Léon IV et Benoist III, par David Blondel. *Amst., J. Blaeu (Elzevir)*, 1647, pet. in-8, v. f.

289. La vie du Pape Alexandre VI, et de son fils César Borgia, par Gordon. *Amst., Mortier*, 1731, in-12, 2 vol., d.-rel. — Vie de Sixte V. *Paris*, 1731, in-12, 2 vol., br.

290. Ilias malorum regni Pontificio-Romani, hoc est historica dissertatio de injustissimo pont. rom. in ecclesia Dei dominatu, auct. Leon. Huttero. *Wittebergæ, Seuberlich*, 1609. = Tractatus Nic. de Clemangis de corrupto ecclesiæ romanæ statu. edente Leon. Huttero. *Ibid.*, 1608. = Andreæ Dudithii orationes in conc. Trid. habitæ et alia opuscula edita opera et studio Quir. Reuteri. *Offenbach*, 1610, pet. in-4, v. f.

201. Salmasius, de primatu Papæ, accessere de eodem primatu Nili Archiepiscopi et Barlaami tractatus. *Lugd.-Bat., ex off. Elzev.*, 1615, in-4, parch.

292. Essai historique sur la puissance temporelle des Papes (par Daunou). *Paris*, 1811, in-8, 2 vol., br.

293. Court abrégé de la doctrine et des pratiques de l'Eglise de Rome, par Daniel de Beaufort, trad. de l'angl. *Londres*, 1790, in 8, cart.

294. Imagines et Elogia XII Cardinalium pietate, doctrina rebusque gestis maxime illustrium, cum fig. Theod. et Phil. Gallæi. *Antverpiæ*, 1598, in-4, portr., v. ant., dor., à compart.

295. Histoire du Concile de Trente, par fra Paolo Sarpi, trad. avec des notes, par Le Courayer. *Amst.*, 1736, in-4, v. f- (*Armoiries.*)

296. Notes sur le Concile de Trente, touchant les points les plus importants, recueillies par Et. Rassicod. *Cologne*, 1706, in-8, br.

4. VIES DES SAINTS.

297. Dictionnaire historique des saints personnages. *Paris*, 1772, pet. in-8, 2 vol., br.

298. Flos Sanctorum. auct. Ribadeneira. *Col.-Agr.*, 1700, in-fol., 3 vol., v., br.

299. Vitæ sanctorum, ex probatissimis authoribus collectæ, per Hardum. *Lugd.*, 1594, in-8, parch.

300. H. Engelgrave Cœleste Pantheon sive cœlum novum

in festa et gesta sanctorum totius anni. *Coloniæ, Jac. a Meurs (Typ. Elzev.)*, 1659, in-8, 81 fig. emblèm., 2 part. en 1 vol., br.

301. Raccolta delle vite de' santi, opera d'un Padre dell' oratorio di Venezia. *Brescia*, 1828, in-18, 13 vol., br.

302. Ecclesiæ græcæ Martyrologium, gr. et lat., ex interpret. Urb. God. Siberi. *Lipsiæ*, 1727, in-4, vél.

303. Recueil curieux d'un grand nombre d'actions fort édifiantes, des Saints et d'autres personnes distinguées qui ont vécu dans les deux premiers siècles, par Bertrand Moreau. *Liége*, 1696, in-4, br.

304. Litaniæ Sanctorum Augustiss. domus Lotharingiæ. In-8, cart.

Manuscrit du xviii° siècle, de 10 feuillets, sur vélin.

305. Brevis ac succinctus passionis BB. Martyrum Gorcomiensium recensus, cum 19 eorum effigiis. Pet. in-8, cart. (*Le titre manque.*)

306. De miraculis S. Coluthi et reliquiis actorum S. Panesniv, thebaica fragmenta duo, ed. Ant. Georgio. *Romæ*, 1773, in-4, br.

307. S. Bernardi pulcherrima et exemplaris vitæ medulla, LIII iconibus illustrata, labore et expensis Abbatiæ Beatæ Mariæ de Bandeloo in civit. Gandavensi. *Antv.*, 1653, pet. in-4, fig., parch.

308. Vita et miracula S. P. Dominici Prædic. ord. primi institutoris. *Antuerpiæ, Th. Gallæus*, 1611, pet. in-4, cart.

32 jolies figures gravées par P. de Jode, J. Nys et Théod. Galle.

309. Corn. Curtii, ord. Eremit. S. Augustini, Nicolaus Tolentinus aliique aliquot ejusdem ordinis beati. *Antv., Onobbaert*, 1635, pet. in-12, fig., parch.

310. Vita D. Thomæ Aquinatis, Othonis Vænii ingenio et manu delineata. *Antverpiæ, sumptibus Oth. Vænii*, 1610, in-fol., br., non rogné.

31 jolies figures.

311. Historia general de Sancto Domingo y de su orden de Predicadores, por el fray Hern. de Castillo. *Madrid, Sanchez*, 1584, in-fol., 2 vol., parch.

312. La vie de saint François de Paule, fondateur de l'ordre des Minimes, par le R. P. Giry. *Bruxelles*, 1738, pet. in-8, br.

312 *bis*. Vita e Miracoli di S. Francesco di Paola, descritta

da Mgr Paola Regio , Vescoro di Vico, *Venetia*, 1625, pet. in-8, fig. sur bois, cart.

313. Vita Sanctissimi Confessoris et Pontificii Huberti. (*Bruxellis*, 1730.) In-4, br.

314. Proto-Martyr Pœnitentiæ , divus Joannes Nepomucenus, aut. J. Th. Adelb. Berghauer. *Aug.-Vind.*, 1736, in-fol., fig., br.

315. Vita Sancti Udalrici , Episc. Augustanorum Vindelicorum. *Aug.-Vind.*, 1695, in-4, parch.

316. Vita et Martyrium Beati Justi Goudani, Cartusiæ Delphensis, in Hollandia professi et sacristæ. *Bruxellis*, 1624, in-4, parch.

317. Les Visions de Melinte, ou les triomphes de la valeur et de la piété dans les glorieux saints Conrard, comte de Friburg et de Furstenberg, Menard, comte de Hohenzolleren, Gobert, comte d'Apremont, Guillaume, duc d'Aquitaine, etc., poëme, par Des Hayons. *Liége*, 1637, in-4, cart.

318. Idée de la vie et de l'esprit de Messire Nic. Choart de Buzanval, év. de Beauvais. *Paris*, 1707. = La vie de M. Hermant, chan. de Beauvais. *Amst.*, 1717, in-12, br.

319. La vie et le martyre du R. P. Grégoire de Saint-Loup , relig. capucin, guillotiné à Vesoul en 1796. *Luxembourg* , 1800, pet. in-8, br.

320. S. Mariæ Magdalenæ vitæ historia , auct. Car. Stengelio. *Aug.-Vind.*, 1623, in-12, parch.

321. D. Catharinæ Senensis virginis ssmæ ord. Prædic. vita ac miracula selectiora. *Antverpiæ, Th. Gallæus*, 1603, pet. in-4, cart.

> 32 figures gravées par Corn. Galle.

322. Icones Sanctæ Claræ... vitam, miracula, mortem repræsentantes. *Antverpiæ, Ad. Collaert, s. a.*, pet. in-4, d.-rel.

> 32 jolies figures gravées par Adr. Collaert.

323. Triumphus castitatis seu acta et mirab. vita vener. Wilburgis virginis, ord. S. Augustini, per R. P. Bern. Pez. *Aug.-Vind.*, 1715, in-4, dem.-rel.

324. Vita S. Beggæ, ducissæ Brabantiæ, Begginarum et Beggardorum fundatricis. *Lovanii*, 1631, fig.=Vita S. Gertrudis, abbatissæ Nivellensis, Brabantiæ tutelaris. *Ib.*, 1632, in-4, vél.

325. Sanctorum septem dormientium historia, ex ectypis Musei Victorii expressa, dissertatione et veteribus moni-

mentis sacris profanisque illustrata. *Romæ*, 1741, in-4, parch.

5. *HISTOIRE DES ORDRES RELIGIEUX ET MILITAIRES.*

326. Sanctiss. P. Benedicti canon de vita monastica. In-8.
   Manuscrit grec.

327. Rod. Hospiniani de monachis libri sex. *Generæ*, 1669, in-fol., v.

328. Ordres monastiques, histoire extraite de tous les auteurs qui ont conservé à la postérité ce qu'il y a de plus curieux dans chaque ordre. *Berlin*, 1751, in-12, 4 vol., v. m.

329. Ordinum religiosorum in ecclesia militanti Catalogus (lat. et ital) eorumque indumenta in iconibus expressa a Ph. Bonanni. *Romæ*, 1722, in-4, fig., 4 vol., rél.

329 *bis:* Idem opus. *Norimb.*, 1732, in-4, 4 tom. en 4 vol., v. (*Incomplet de quelques figures.*)

330. Histoire du Clergé séculier et régulier... tirée du P. Bonanni, etc. *Amst.*, 1716, pet. in-8, fig.. 4 vol., v. m., fil., tr. dor.

331. Illustrium anachoretarum elogia, auct. Jac. Cavatio. *Romæ*, 1661, in-4, fig., v.

332. La forest des hermites et hermitesses d'Egypte et de la Palestine. *Anvers*, 1619, in-4, cart.
   Grand nombre de figures d'après Blommaert, par Boece à Bolswert.

333. Sancti fundatores religiosorum ordinum; quorum effigies artificiose repræsentantur ... encomia metricò dilucidantur... per J. A. F. Pauwels. *Antuerpiæ*, 1777, gr. in-4, dem.-rel.
   39 portraits par C. et J. Galle.

334. F. Nic. Crusenii Monasticon-Augustinianum. *Monachii*, 1623, in-fol., fig., parch.

335. Rejettons sacrés pullulants de la palme triumphante des premiers martyrs de l'ordre dit des frères Eremites de St-Augustin, recueillis par F. Georges Maigret Buillonoy, représentés en 28 grav., par Adr. Collaert. *Liége, Ouwerx*, 1612, pet. in-8, v. dor.
   Belles épreuves.

336. Virorum illustrium ex ord. Eremit. D. August. elogia, auct. F. Corn. Curtio. *Antuerpiæ Cnobbart*, 1636, pet. in-4, vél.

> Avec 30 portraits gravés par Corn. Galle.

337. De origine seraphicæ religionis Franciscanæ ejusque progressibus de regularis observanciæ institutione etc., aut. F. Franc. Gonzaga. *Romæ*, 1587, in-fol., fig., parch.

338. Cistercium-bis-tertium, seu historia elogialis ordinis Cisterciensis, aut. Aug. Sartorio. *Vetero-Pragæ*, 1700, in-fol., fig., 4 tom. en 2 vol., br.

339. Imago primi sæculi Societatis Jesu. *Antv.*, 1640, in-fol., belles fig., v. br.

340. Tableau raccourci de ce qui s'est fait par la Compagnie de Jésus durant son premier siècle, trad. du lat. du P. Jacq. Damiens, par le P. Franç. Laslier. *Tournay*, 1642, in-4, v., fil.

341. Histoire de dom Inigo de Guipuscoa, chev' de la Vierge, etc., par H. Rasiel de Selva. *La Haye*, 1736, in-12, 2 vol., v.

342. Dénonciations des crimes et attentats des soi-disants jésuites dans toutes les parties du monde, ou abrégé chronologique des friponneries, conjurations, meurtres de rois, etc., commis par les ignaciens, etc. *S. l.*, 1762, in-12, 3 part. en 1 vol., v. m.

343. Apologie sommaire des Carmélites du fauxbourg S.-Jacques. *S. l.*, 1749, in-12, v. gr.

344. Règlements de la Maison-Dieu de N.-D. de la Trappe, par l'abbé de Rancé, mis en nouvel ordre et augmentés des usages particuliers de la Maison-Dieu de la Val-Sainte, de N.-D. de la Trappe au canton de Fribourg. *Fribourg*, 1794, in-4, 2 vol., dem.-rel.

345. Pièces détachées relatives au clergé séculier et régulier, recueillies par de Puységur. *Amst.*, 1771, in-8, 3 vol., br.

346. Recueil des protestations des maisons religieuses supprimées à Bruges, avec d'autres pièces y relatives. 1797, in-8, br.

347. Lettre de l'abbé S*** à Mad^{elle} de G***, béguine d'Anvers sur l'origine et le progrès de son institut. *Paris*, 1731. in-12, fig.. br.

348. Histoire des ordres militaires ou des chevaliers... tirée de Giustiniani Bonanni. *Amst.*, 1721, pet. in-8, fig., 4 vol., v. br.
349. Histoire de l'ordre militaire des Templiers ou chevaliers du Temple de Jérusalem, par Pierre du Puy. *Bruxelles, Foppens,* 1751, in-4, fig., broché en cart.
350. Histoire des chevaliers de Malte, par Vertot. *Amst.*, 1780, in-12, 5 vol., br. — Histoire de Pierre d'Aubusson, par le P. Bouhours. *La Haye,* 1739, in-12, fig., br.

6. *HÉRÉSIES. — SCHISMES. — ÉCRITS HÉTÉRODOXES.*

351. Exposition de la foi chrétienne, suivie d'une courte réfutation des principales erreurs de l'église romaine, par G. Mallet. *Genève, s. d.,* in-8, 2 vol., v.
352. Rod. Hospiniani historiæ sacramentariæ duæ partes. *Genevæ,* 1681, in-fol., v.
353. Historia hæresis monothelitarum, etc., edit. Combefis. *Paris.,* 1648, in-fol., vél.
354. Hist. abrégée de la réforme de Luther, trad. de l'angl. de Mgr Walmesley. *Malines,* 1819, in-12, br.
355. Ant. Walæi enchiridium re. gionis reformatæ. *Lugd.-Bat., Moyard.,* 1660, pet. in-12, vél.
356. De Pastore evangelico tractatus, auct. Ol. Bowles. *Juxta ex. Londinense,* (*Amst., Elzev.*), 1659, pet. in-12, vél.
357. La théologie réelle, vulgairement dite la théologie germanique. *Amst., Wetstein,* 1700, pet. in-12, vél.
358. Confession de foi des églises réformées des Pays-Bas, représentée en deux colonnes. *Rott.,* 1726, in-4, br. en cart.
359. Relation du pays de Jansenie, par Fontaine. *Rouen,* 1674, pet. in-8, dem.-rel.
360. Mémoires pour servir à l'histoire de Port-Royal, par Nic. Fontaine. *Cologne,* 1753, pet. in-12, 4 vol., v.
361. Historia congregationum de Auxiliis divinæ gratiæ, auct. Jac. H. Serry. *Ant.,* 1709, in-fol., v.
362. La vérité des miracles opérés par l'intercession de M. de Pâris, par M. de Montgeron. *Utrecht,* 1737, in-4, fig., br.
363. La réalité du projet de Bourg-Fontaine, démontrée par l'exécution (par le P. Sauvage, jésuite), nouvelle édition, augmentée de la réponse aux lettres de D. Clémencet contre cet ouvrage. *Paris,* 1787, in-8, 2 vol., cart.

364. Theologia naturalis, sive liber creaturarum, auct. Ray-
mundo de Sebunde. *Lugd.*, 1648, in-8, parch.
365. La religion du médecin, par Th. Brown. (*Elsev.*), 1668,
pet. in-12, v.
366. Des erreurs et de la vérité (par S. Martin.) *Edimb.*,
1775, in-8, v. f., fil., tr. dor. — Tableau naturel des rap-
ports qui existent entre Dieu, l'homme et l'univers (par le
même.) *Ib.*, 1782, in-8, 2 part. en 1 vol., dem-rel.

IV. RELIGIONS ÉTRANGÈRES.

367. La vie de Mahomet, trad. de l'Alcoran, par Gagnier.
Amst., *Wetstein*, 1732, in-12, fig., 2 vol., dem.-rel.
368. Zend-Avesta, ouvrage de Zoroastre, trad. par Anquetil
du Perron. *Paris*, 1771, in-4, fig., 3 vol., v. f., fil.,
tr. dor.
369. Le Chou-King, un des livres sacrés des Chinois, trad. par
le P. Gaubil, et publ. par de Guignes. *Paris*, 1770, in-4,
v. f.

V. SUPERSTITIONS. — MAGIE. — VISIONS.

370. Traité historique et dogmatique sur les apparitions, les
visions, etc., par Lenglet-Dufresnoy. *Paris*, 1751, in-12,
2 vol., v.
371. Recueil de dissertations sur les apparitions, les visions, etc., par Lenglet-Dufresnoy. *Paris*, 1751, in-12, 4
vol., br.
372. Apologia pro exorcistis, energumenis, maleficiatis et ab
incubis dæmonibus molestatis, auct. Nic. de Borre. *Lovanii*,
1660, pet. in-4, parch.
373. De la démonomanie des sorciers, par J. Bodin. *Anvers*,
Kœrbergh, 1593, in-8, cart.
374. Secreta mulierum et virorum, ab Alberto Magno com-
posita. *S. l. n. a.*, pet. in-4 goth., v. f., fil.
375. Summa astrologiæ judicialis de accidentibus mundi,
quæ anglicana vulgò nuncupatur, Johannis Eschuid viri
anglici. *Venetiis*, 1489, in-fol., cart.

   Incomplet d'un feuillet.

SCIENCES MATHÉMATIQUES
ET APPLICATIONS.

I. GÉNÉRALITÉS. — TRAITÉS DIVERS.

376. Composition mathématique de Cl. Ptolémée, trad. par Halma, avec les notes de Delambre. *Paris*, 1813, gr. in-4, 2 vol., br.

377. Développement nouveau de la partie élémentaire des mathématiques, prise dans toute son étendue, par L. Bertrand. *Genève*, 1778, in-4, fig., 2 vol., v. m.

378. Eléments d'algèbre de Saunderson, trad. de l'angl. par H. P. Joncourt, *Amst.*, 1756, in-4, fig., 2 vol., br.

379. Géométrie de position, par Carnot. *Paris*, 1803, in-4, v. m.

380. Méthodes nouvelles pour déterminer les racines des équations numériques, etc., par Bérard. *Nismes*, 1818, in-4, fig., br.

381. Du calcul des dérivations, par Arbogast. *Strasbourg*, 1800, in-4, bas.

382. Recherches sur la théorie des surfaces élastiques, par Mlle Soph. Germain. *Paris*, 1821, in-4, br.

383. Théorie analytique des probabilités, par le marq. de Laplace, 3e édit. *Paris*, 1820, in-4, br.

384. Théorie analytique des probabilités, par de Laplace. *Paris*, 1822, in-4, bas.

385. Séances des écoles normales. *Paris*, 1800, in-8, 14 vol., avec les planches, br.

386. Mechanica, sive motus scientia analytice exposita, auctore Leon. Eulero. *Petropoli*, 1736, in-4, fig., 2 vol., dem.-rel.

887. Leçons de mécanique analytique données à l'Ecole Polytechnique par M. de Prony. *Paris*, 1815, in-4, fig., 2 vol., br.

388. Recherches sur les réfractions extraordinaires qui ont lieu près de l'horizon, par Biot. *Paris*, 1810, in-4, dem.-rel.

II. ASTRONOMIE. — NAVIGATION.

389. Pet. Apiani. Cosmographia per Gemmam Frisium aucta, *Antv.*, 1545, in-4, fig., cart.

390. Gemmæ Frisii de Astrolabo catholico liber. *Ant.*, 1583, fig. = P. Apiani cosmographia. *Antv.*, 1515, fig. = Joa. Keppleri de stella nova in pede Serpentarii, et ejusdem alia opera. *Pragæ*, 1606, fig., in-4, cart.

391. Institution astronomique, d'après Ptoloméo et Copernic, par Guill. Blaeu. *Amst.*, *Blaeu*, 1669, in-4, vél.

392. Histoire de l'astronomie ancienne, par Delambre. *Paris*, 1817, in-4, fig., 2 vol., br.

393. Histoire de l'astronomie du moyen âge; par Delambre. *Paris*, 1819, in-4, fig., br.

394. Histoire de l'astronomie moderne, par Delambre. *Paris*, 1821, in-4, fig., 2 vol., br.

395. Tables astronomiques publ. par le bureau des Longitudes, conten. les tables de Jupiter, de Saturne et d'Uranus, etc., par Bouvard. *Paris*, 1821, in-4, br.

396. Cométographie ou Traité historique et théorique des comètes, par Pingré. *Paris*, *I. R.*, 1783, in-4, fig., 2 vol., v. m.

397. Luc. Joa. Wagenaer speculum nauticum super navigatione maris occidentalis confectum. *Lugd.-Bat.*, 1586, in-fol., cartes, dem.-rel.

398. La marine des anciens peuples, expliquée par Leroy. *Paris*, 1777, in-8, v. m.

399. Traité pratique du gréement des vaisseaux et autres bâtiments de mer, par Lescallier. *Paris*, 1791, in-4, v. m.

400. Traité sur l'art des combats de mer, par le chev. Delarouvraye. *Paris*, 1815, in-4, fig., br.

III. ART MILITAIRE.

401. S. J. Frontini libri IV strategematicon, cum notis varior., curante Fr. Oudendorpio. *Lugd.-Bat.*, *Leuchtmans*, 1731, in-8, v.

402. La milice des Grecs et Romains, trad. du grec d'Ælian et de Polybe, par L. de Machault. *Paris*, 1615, belles fig. = Claudii Coteræi Turonensis de jure et privilegiis militum, lib. III. *Lugd.*, *Steph. Dolet*, 1539, in-fol., v.

403. Mémoires militaires sur les Grecs et les Romains, etc., avec une dissert. sur l'attaque et la défense des places des

anciens, etc., par Ch. Guischardt. *Lyon*, 1760, in-4, fig.,
2 vol., br.

404. L'art militaire françois, dédié au duc de Boufflers, par
Giffart graveur. *Paris*, 1697, pet. in-8, 85 figures., v.

405. Art de la guerre, par de Puységur. *Paris*, 1749, in-4,
fig., 3 vol., v.

406. Mes rêveries, par le comte de Saxe, publ. par l'abbé Pé-
rau. *Paris*, 1757, in-4, fig., 2 vol., v.

407. De Bardet de Villeneuve : Fonctions et devoirs des offi-
ciers tant de l'infanterie que de la cavalerie. — Traité de
l'architecture militaire. — Traité de l'attaque des places. —
— La tactique ou l'art de ranger des bataillons, etc·, etc...
La Haye, 1740-42, in-8, fig., 4 vol., bas.

408. L'architecture militaire ou fortification, par A. Fribach.
Leide, Elsev., 1635, in-fol., fig., vél.

409. Architecture militaire moderne ou fortification, confir-
mée par diverses histoires, par Matth. Doegert, trad. en
franç. par Hélie Poirier Parisien. *Amst., Elzev.*, 1648, in-
fol., fig. et plans, v.

410. Les fortifications de M. le comte de Pagan. *Bruxelles,
Fr. Foppens (Elzev.)*, 1668, pet. in-12, fig., vél.

411. Mémoires d'artillerie, par mer et par terre, par Surirey
de Saint-Remy. *La Haye*, 1741, in-4, 2 vol., dem.-rel.

Avec 103 figures et nombre de culs de lampe, gravées par Le
l'autre.

PHYSIQUE. — CHIMIE.

412. Lettres à une princesse d'Allemagne sur divers sujets de
physique et de philosophie (par Euler). *Genève*, 1775, in-8,
3 vol., br.

413. Des pierres tombées du ciel ou lithologie atmosphérique,
par J. Izarn. *Paris*, 1805, in-8, br.

414. P. Gasp. Schotti Physica curiosa, sive mirabilia naturæ
et artis, cum fig. *Herbipoli*, 1662, 2 vol., fig. — Ejusd.
Technica curiosa sive mirabilia artis. *Ibid.*, 1664, 2 vol.,
fig.— Ejusd. Organum mathematicum. *Ibid.*, 1668, 2 vol.;
6 vol. in-4, v., br.

415. Theophr. Paracelsi de summis naturæ mysteriis lib. *Ba-
sileæ*, 1584, in-8, vél.

416. Exercitatio physica de artificio navigandi per aerem

(lat. et germ.) quam... publico eruditor. examini subjecit Fr. Dav. Frescheur. *Rhintelii*, 1676, pet. in-4.

417. Ant. Neri de arte vitraria lib. VII. *Amst.*, *Frisius*, (*Elzev.*), 1669, pet. in-12, cart.

418. Art du distillateur des eaux-de-vie et des esprits, par Lenormand. *Paris*, 1824, in-8, fig., 2 vol., br.

419. Instruction générale pour la teinture des laines de toutes couleurs et pour la culture des drogues qu'on y emploie. *Paris*, 1688, in-fol., cart

HISTOIRE NATURELLE.

I. GÉNÉRALITÉS. — GÉOLOGIE.

420. Dictionnaire d'histoire naturelle, par Valmont de Bomare. *Lyon*, 1800, in-8, 15 vol., br.

421. Histoire naturelle de Pline, trad. avec le texte (par Poinsinet de Sivry). *Paris*, 1771, in-4, 12 vol., v. r.

422. Julii Obsequentis quæ supersunt ex libro de prodigiis, cum animadversionibus Jon. Schefferi, et supplementis Conr. Lycosthenis, curante Fr. Oudendorpio. *Lugd.-Bat.*, 1720, in-8, vél.

423. OEuvres de Buffon, publ. par Sonnini. *Paris*, 1798, in-8, fig., 127 vol., br.

424. Lettres à un Américain sur Buffon et Condillac, par l'abbé de Lignac. *Hambourg*, 1756, in-12, 9 part. en 4 vol., dem.-rel.

425. Mémoire instructif sur la manière de rassembler, de préparer, conserver et envoyer les curiosités d'hist. natur. (par Turgot). *Lyon*, 1758, in-8, 25 fig., dem.-rel.

426. Locupletissimi rerum naturalium thesauri accurata descriptio, et iconibus artificiosissimis expressio ; edidit Alb. Seba. *Amst.*, 1734-65, gr. in-fol., 4 vol., v. m. (*Lat. et Holl.*)

> Bel exemplaire sur papier impérial de Hollande, orné du portrait de Seba, par Houbraken, et de 450 planches représentant des milliers de sujets.

427. Description du cabinet royal de Dresde, touchant l'hist. naturelle (en franç. et en allem.). *Dresde*, 1755, gr. in-4, cart.

428. Catalogue du cabinet d'hist. naturelle de feu M. Villiez. *Nancy*, 1775, in-12, fig. — Catalogue des coquillages,

A** 3

coraux, madrépores, lithophytes, de Mich. Oudaan. *Rott.*,
1766, in-8, br.

429. G. G. Leibnitii Protogæa, sive de prima facie Telluris, etc.,
edita a C. L. Scheidio. *Gottingæ*, 1749, in-4, fig.,
dem.-rel.

430. Journal des mines, an III à décembre 1815. In-8, fig.,
38 vol., avec la table des 28 prem. vol., dem.-rel.

431. Considérations sur les montagues volcaniques, par Collini. *Manheim*, 1781, br. in-4, fig.

432. Jo. Geo. Liebknecht Hassiæ subterraneæ specimen, clarissima testimonia diluvii universalis, ex triplici regno petita. *Francof.*, 1730, in-4, 16 pl., cart., n. rog.

433. Pyritologie ou hist. nat. de la pyrite, par J. Fréd.
Henckel. *Paris*, 1760, in-4, fig., dem.-rel., n. rog.

II. BOTANIQUE. — HERBIERS, ETC.

434. Dictionnaire élémentaire de botanique, par Bulliard.
Paris, 1783, gr. in-4, fig. color., dem.-rel.

435. C. A. Linne systema vegetabilium; editio tertia accessionibus et emendationibus novissimis J. A. Murray. *Gottingæ*, 1774, in-8, dem.-v.,

436. Tableau du règne végétal selon la méthode de Jussieu,
par E. P. Ventenat. *Paris*, an VII, in-8, fig., 4 vol., v. rac.

437. Traité d'anatomie et de physiologie végétales, par Brisseau-Mirbel. *Paris*, an X, in-8, 2 vol., v. m., fil., tr. dor.
— Exposition de la théorie de l'organisation végétale, par
le même, 2ᵉ édit. *Paris*, 1809, in-8, dem.-rel.

438. Observations sur les plantes et leur analogie avec les
insectes, précédées de deux discours, l'un sur l'accroissement du corps humain, l'autre sur la cause que les bêtes
pagent naturellement et que l'homme est obligé d'en étudier les moyens, par Bazin. *Strasbourg*, 1741, in-8, br.

439. Recherches sur l'usage des feuilles dans les plantes et
sur quelques autres sujets relatifs à l'histoire de la végétation, par Ch. Bonnet. *Gottingue*, 1754, in-4, 31 fig., br.

440. Phytanthoza iconographia, sive conspectus aliquot millium plantarum, arborum, etc., a Joa. Guill. Weinmanno
collectarum, cum explicationibus german. et lat., J. Geo.
Nic. Dieterici. *Ratisbonæ*, 1737-45, in-fol., fig. col. (1025)
8 tom. en 4 vol., v.

441. Choix de plantes d'Europe, décrites et dessinées d'après

nature, par Dreves et Hayne. *Leipzig, Voss*, 1802, gr. in-4, cart., 3 part.

125 planches coloriées.

412. Herbier de la France, ou collection complète des plantes indigènes de ce royaume, avec leurs détails anatomiques, etc., par Bulliard. *Paris, l'auteur*, 1781, gr. in-4, 12 vol., dem.-rel.

600 figures coloriées.

413. Flora parisiensis ou descriptions et figures des plantes qui croissent aux environs de Paris, par Bulliard. *Paris*, 1776, in-8, 6 vol., bas.

600 figures coloriées.

414. Histoire des plantes vénéneuses et suspectes de la France, par Bulliard. *Paris*, 1784, pet. in-fol., dem.-rel.

415. Histoire des champignons de la France, par Bulliard. *Paris*, 1791, pet. in-fol., fig. color., dem.-rel. (*Tom. 1er*).

416. Ant. Jos. Cavanilles icones et descriptiones plantarum quæ aut sponte in Hispania crescunt, aut in hortis hospitantur. *Matriti, ex reg. typ.*, 1791, in-fol., fig., 6 vol., dem.-rel., n. rog.

417. Herbarium Blackwellianum emendatum et auctum, id est Elisabethæ Blackwell collectio simplicium quæ in pharmacopolis ad medicum usum asservantur, quarum descriptio et vires ex angl. idiom. in latin. conversæ sistuntur.... (lat. et germ.) cum præfat. Chr. Jac. Frew. *Norimbergæ*, 1730-37, in-fol., 6 vol., dem.-rel., non rog., pap. de Holl.

Avec plus de 600 belles planches coloriées d'après nature par le peintre Edenberg.

418. Deliciæ floræ et faunæ Insubricæ, seu novæ aut minus cognitæ species plantarum et animalium quas in Insubria Austriaca vidit et descripsit Joa. Ant. Scopoli. *Ticini*, 1786-88, gr. in-fol., 3 part. en 1 vol., dem.-rel.

Avec 75 superbes figures.

419. Thesaurus zeylanicus, exhibens plantas in insula zeylana nascentes, cura et studio Joa. Burmanni. *Amst.*, 1737, gr. in-4, vél.

110 figures et un portrait de Burmann, par Houbraken.

450. Joa. Burmanni rariorum africanarum plantarum decades X. *Amst.*, 1738-39, gr. in-4, vél. cordé.

Avec 100 figures et un beau portrait par Houbraken.

450 *bis*. Plants growing in Bombay and its vicinity, by Graham. *Bombay*. 1839 , in-8, cart.

> Ouvrage introuvable, tiré seulement à 50 exemplaires. Celui-ci a été annoté, au crayon, par l'auteur, peu de temps avant sa mort.

451. Flora boreali-americana, collegit A. Michaux. *Paris.*, 1803, gr. in-8, fig., 2 vol., br.

452. Mémoires sur la famille des légumineuses, par Aug. Pyr. de Candolle. *Paris, Belin*, 1825, in-4. fig., cart.

453. Joh. Neandri Tabacologia, hoc est tabaci seu nicotianæ descriptio. *Lugd.-Bat., Is.-Elzev.*, 1622, in-4, fig., vél.

454. Histoire des Carex ou Laiches, contenant la description et les fig. color. de toutes les espèces connues, par Chr. Schkuhr, trad. de l'allem. par Delavigne. *Leipsis, Voss*, 1802, in-4, 54 pl. col., cart.

455. Cours complet d'agriculture théorique pratique, etc., rédigé par l'abbé Rozier. *Paris*, 1797-1805 in-4, fig., 12 vol., bas.

456. Théorie des jardins, par C. L. Kirschfeld, trad de l'allem. *Leipzig*, 1785, in-4, fig., 5 vol., v. éc., dent.

457. Descriptions pittoresques des jardins du goût le plus moderne. *Leipzig., Voss*, 1802, pet. in-4, 28 planch., br.

458. De Duhamel du Monceau : La physique des arbres. *Paris*, 1758, in-4, fig , 2 vol., dem.-rel. — Des semis et plantations des arbres. *Paris*, 1760, in-4, fig., dem.-rel.—Traité des arbres et des arbustes qui se cultivent en France en pleine terre. *Paris,* 1755, in-4, fig., 2 vol., dem.-rel.

459. Traité des arbres et des arbustes qu'on cultive en France en pleine terre, par Duhamel du Monceau. *Paris*, 1800, in-fol., fig. noires, livr. 1 à 19.

460. Le même, pap. gr. carré vél., figures peintes par Redouté, livr. 1 à 31, form. les tom. 1 et 2, et 9 livr. du tom. 3.

461. Le même, pap. jésus vél., figures peintes par Redouté, 16 livr. diverses.

> Savoir : tom. 4, 3ᵉ livraison. — Tom. 6, livr. 1, 3, 4, 6, 7, 8 et 9. — Tom. 7, livr. 1, 3, 4, 5, 6, 7, 8, 9 et 10.

462. Traité des arbres fruitiers par Duhamel du Monceau. *Paris*, 1768, gr. in-4, fig., 2 vol., v. gr., fil., tr. dor.

463. J. B. Ferrarii Hesperides, sive de malorum aureorum cultura et usu libri IV. *Romæ*, 1646, in-fol., v., fil.

> Avec 102 figures de Corneille Bloemaert. .

464. Traité de l'orangerie, des serres-chaudes et chassis, par J. B. *Caen*, 1788, gr. in-8, fig., cart., non rog.

III. ZOOLOGIE. — ENTOMOLOGIE.

465. Recherches sur les ossements fossiles, par le bar. Cuvier. *Paris*, 1825, in-4, fig., 5 tom. en 7 part., br. en cart.

466. Mémoires pour servir à l'histoire naturelle des animaux, par Perrault et Dodart. *Amst.*, *Mortier*, 1736, gr. in-4, 1 tom. en 2 vol., dem.-rel., n. rog.

96 figures gravées par Duflos.

467. Histoire naturelle des mammifères, avec des figures originales coloriées, par Geoffroy Saint-Hilaire et Fréd. Cuvier, publ. par Ch. de Lasteyrie. *Paris*, 1819-24, in-fol., max., livr. 1 à 45.

468. Histoire naturelle des quadrupèdes ovipares et des serpents, par le comte de Lacépède. *Paris*, 1788-89, in-4, pl., 2 vol., br.

469. Cours théorique et pratique de maréchallerie vétérinaire, par Jauze: ouv. orné de 110 pl. d'après nature, etc. *Paris*, 1818, in-4, br.

470. Les dons des enfants de Latone: la musique et la chasse du cerf, poëmes (par J. de Serre de Rieux). *Paris*, 1734, in-8, fig. d'Oudry et musique, v. m.

471. La fauconnerie de Jean de Franchières, avec tous les autres autheurs traitans de ce subject. *Paris*, 1585, in-4, fig. sur bois, cart.

472. Art de faire éclore des oiseaux domestiques de toutes espèces, par de Réaumur, avec la pratique. *Paris*, I. R., 1751, in-12, 3 vol., 19 fig. et vign., v. m.

473. Petri Texelii Phœnix visus et auditus, sive illius avis descriptio symbolica. *Amst.*, 1706, in-4, v. br.

Rare.

474. Historia naturalis ranarum nostratium, cum præfatione Alb. Haller; edidit (germ. et lat.) Aug. Joa. Roësel von Rosenhof. *Nurenberg*, 1758, gr. in-fol., d.-v., n. rog.

Ouvrage orné de 24 belles planches coloriées par Roesel, peintre, avec les mêmes figures au trait en regard.

475. Histoire des poissons, par Ant. Gouan. *Strasbourg,* 1770, in-4, fig., dem.-rel.

476. Tableau historique de la pêche de la baleine, par S.-B.-J. Noël. *Paris,* an VIII, gr. in-8, br.

477. Fr. Redi opuscula de insectis, cum fig. Rt de Hooghe. *Amst., Wetstein,* 1686, pet. in-12, vél.

478. Nomenclator iconum Entomologiæ Linneanæ : curante et augente Car. de Villiers. *Lugd.,* 1787, in-fol. obl., fig., représ. 308 insectes, br.

479. Métamorphoses naturelles, ou Histoire des insectes, par J. Goedart, avec 155 grav. d'après nature. *Amst.,* 1700, pet. in-8, 3 vol , cart.

480. Erucarum ortus, alimentum et paradoxa metamorphosis , in quo pabulum, transformatio... erucarum , vermium, papilionum, muscarum, etc., exhibentur, per Mar. Sib. Merian. *Amst., Jou. Oosterwyk, s. a.,* in-4, 3 part. en 1 vol., dem.-rel., n. rog.

Avec 150 jolies figures représentant des fleurs et des insectes.

481. Catalogue systématique des coléoptères (avec l'explic. en franç., en lat. et en holland.). *La Haye,* 1806, in-4, cart.

Fragments des tomes I et II, avec 40 planches coloriées.

482. Histoire abrégée des insectes, par Geoffroy. *Paris,* an VII, in-4, 2 vol., dem.-rel., 22 fig. color.

483. Histoire abrégée des insectes qui se trouvent aux environs de Paris. *Paris,* 1762, in-4, 2 vol., fig., v. m., fil.

484. Histoire naturelle de la reine des abeilles, par Schirach, trad. par J.-J. Blassière. *La Haye,* 1771, fig. = Guide complet pour le gouvernement des abeilles, par Dan. Wildman. *Amst.,* 1774, in-8, cart.

485. Mémoires pour servir à l'histoire d'un genre de polypes d'eau douce, à bras en forme de cornes, par A. Trembley. *Leide,* 1744, in-4, 13 pl. et vign., v.

486. De corporibus marinis lapidescentibus, quæ defossa reperiuntur, auct. Aug. Scilla ; addita Fabii Columnæ de glossopetris lib. *Romæ,* 1759, in-4, 28 pl., dem.-rel.

487. Essai sur l'histoire naturelle des corallines et autres productions marines, avec la description d'un grand polype de mer, par J. Ellis, trad. par Allamand. *La Haye,* 1756, in-4, 40 pl., dem.-rel.

IV. MÉDECINE.

488. Histoire de la médecine, par Daniel Le Clerc. *Amst.*, 1702, in-4, fig., 3 part. en 1 vol., v.

489. Dictionnaire des sciences médicales. *Paris, Panckoucke,* 1813-17, in-8, tom. 1 à 21, br.

490. Flore du dictionnaire des sciences médicales, décrite par Chaumeton, peinte par Mad. E. P. et Turpin. *Paris, Panckoucke,* 1814, in-8, fig. color., liv. 1 à 74.

491. L'art d'améliorer et de perfectionner les hommes au moral comme au physique, par J.-A. Millot. *Paris,* 1801, in-8, fig., 2 tom. en 1 vol., v. rac.

492. L'art de connaître les hommes par la physionomie, par Gasp. Lavater. *Paris,* 1806, gr. in-4, 10 vol., cart.

> Avec 500 grav. exécutées sous l'inspection de M. Vincent, peintre.

493. Histoire naturelle de la femme, par J.-L. Moreau. *Paris,* 1803, in-8, fig., 3 vol., br.

494. Ger. van Swieten Commentaria in Boërhaave Aphorismos. *Paris.,* 1769-73, in-4, 5 vol., dem.-rel.

495. Barth. Eustachii tabulæ anatomicæ illustratæ ab And. Maximino. *Romæ,* 1783, in-fol., fig., cart.

496. Planches anatomiques à l'usage des jeunes gens qui se destinent à l'étude de la chirurgie, de la médecine, de la peinture, etc., par Chaussier, dessinées par Dutertre. *Paris,* 1823, in-4, br.

497. Traité complet de l'anatomie de l'homme, par Hipp. Cloquet. *Paris,* 1825, in-4, livr. 1 à 11.

498. Description des maladies de la peau, par Alibert. *Paris,* 1825, gr. in-fol., fig. col., 12 livr.

499. Anatomie des vers intestinaux ascarides, lombricoïdes, etc., par J. Cloquet. *Paris,* 1824, in-4, pl. br.

500. Joa. Beveronicii de calculo renum et vesicæ liber singularis. *Lugd.-Bat., Elzev.,* 1638, pet. in-12, vél.

501. L'art de conserver la santé, composé par l'école de Salerne. *Paris,* 1760, pet. in-8, br.

502. Histoire des personnes qui ont vécu plusieurs siècles et qui ont rajeuni, par de Longeville-Harcouet. *Paris,* 1716, pet. in-12, br.

503. Traité sur le venin de la vipère, sur les poisons américains, sur le laurier-cerise et sur quelques autres poisons

(40)

végétaux, par Félix Fontana. *Florence*, 1781, gr. in-4,
fig., 2 vol., br.

504. Zacchiæ Quæstiones medico-legales , cura Joa. Dan.
Horstii auctæ. *Norimb.*, 1726, in-fol., 3 tom. en 1 vol,, v.

505. Mémoires de l'Académie roy. de chirurgie. *Paris*, 1743-
68, in-4, fig., 4 vol., v. f.

506. Le pharmacien accomply, ou le cabinet pharmaceuti-
que, par F.-Is.-Q.-R. M. 1663, in-fol., v.

    Manuscrit sur papier.

SCIENCES MORALES.

Traités divers. — Fables. — Emblèmes. — Devises.

507. Ant. Walæi compendium ethicæ aristotelicæ et Schre-
velii Iambi morales. *Lugd.-Bat., Elzev.*, 1636, pet. in-12,
vél.

508. Dan. Sinapii dissertationes ethicæ. *Lugd.-Bat., F. Hackius (Elzev.)*, 1645, pet. in-12, vél.

509. Ex omnibus aliquid et in toto nihil, sive Synopsis philosophiæ moralis. *Traj. ad M.*, 1735, pet. in-8, br.

510. Pensées morales de divers auteurs chinois, recueillies par
Lévesque. *Dresde*, 1786, pet. in-8, br.

511. Les caractères de Théophraste, d'après un manuscrit du
Vatican, trad. nouv. avec le texte grec, etc.. par Coray. *Paris*, 1799, in-8, v.

512. Le manuel d'Epictète et les Commentaires de Simpli-
cius, trad. par Dacier. *Paris*, 1715, in-12, 2 vol., v.

513. Simplicii commentarius in Enchiridion Epicteti, cum
versione Wolfii et Salmasii animadversionibus. *Lugd. Bat.*,
1640, in-4, parch.

514. Réflexions de l'empereur Marc-Aurèle Antonin, trad.
par Dacier. *Dresde*, 1786, in-12, cart.

515. Les mêmes, trad. par de Joly. *Paris, A. Renouard,* 1796,
in-12, pap. vél., v. ant. gaufr., tr. d.

516. Franc. Petrarca... Des remèdes de l'une et de l'autre
fortune, trad. en allem. *Francf. s. l. M.*, 1596, in-fol.,
2 tom. en 1 vol., v.

    Ouvrage orné de 258 figures fort curieuses, gravées sur bois.

517. La consolation philosophique de Boëce, nouv. traduction avec des remarques et une dédicace massonnique. *La
Haye*, 1744, in-12, 2 vol., v.

518. Essais de Montaigne, *Paris, Didot l'aîné*, 1802, in-12,
4 vol., v., fil., tr. dor.

519. De la sagesse, trois livres, par Pierre Charron. *Amst.*,
   Elzev., 1662, pet. in-12, v.
520. De l'usage des passions, par le P. Senault. *Suiv. la copie
   impr. à Paris. Elzev.*, 1643, pet. in-12, vél.
521. Les caractères des passions, par le sieur de la Chambre.
   Amst., *Ant.-Michel (Elzév.)*, 1658, pet. in-12, 2 tom. en
   1 vol., parch.
522. Traité du jeu, par J. Barbeyrac. *Amst.*, 1737, pet. in-8,
   3 vol., bas.
523. Justi Pascasii de alea libri duo. *Amst.*, *Elzev.*, 1642 ,
   in-16, vél.
524. Aug. Alsteni Bloemertii singularis liber de nobilis et stu-
   diosæ juventutis institutione. *Amst.*, *Elzev.*, 1653, pet.
   in-12, parch.
525. Plans et Statuts des établissements ordonnés par Cathe-
   rine II pour l'éducation de la jeunesse et l'utilité générale
   de son empire, par Betzky, trad. du russe par M. Clerc.
   Amst., 1775, in-4, fig., 2 tom. en 1 vol., dem.-rel.
526. Cento favole bellissime, scielta da Gio. Mar. Verdizotti.
   Venetia, 1661, in-8, parch. (*Mouillé.*)
   Figures de Verdizotti

527. Fables d'Esope, mises en franc., 2ᵉ édit. *Paris*, 1806 ,
   in-12, fig., 2 vol., v. rac., dent.
528. Esopus.... Esope trad. en allem., par Burc. Waldis.
   Franckf., 1557, pet. in-8, v.
529. Jos. Desbillons Fabulæ Æsopicæ, accesserunt plus quam
   CLXX novæ. *Manhemii*, 1768, in-8, fig., 2 vol., dem.-rel.—
   Ejusd. Miscellanea posthuma. *Ibid.*, 1792, in-8, dem.-rel.
530. Phædri fabulæ, cum notis varior., edente Joa. Lauren-
   tio. *Amst.*, 1667, in-8, fig., vél.

   Cet exemplaire, dont les figures sont très-belles d'épreuves, en contient quelques-unes doubles qui se rencontrent rarement. La figure de
   la page 276 est intacte.

531. Fables de Phèdre, trad. en franç., avec le texte en regard.
   Paris, Didot, 1806, in-12, fig., 2 vol., cart., n. r.
531 *bis*. Decas fabularum humani generis sortem, mores,
   ingenium... adumbrantium, per Joa. Walchium. *Argent.*,
   1609, pet. in-4, v.
   Figures curieuses.

532. Fables de La Fontaine. *Paris, Bossange*, 1796, in-18,
   pap. vél., fig. de Simon et Coiny, 6 vol., v. dent., tr. d.
533. Joa. Mich. von der Ketten Apelles symbolicus , exhibens

seriem amplissimam symbolorum. *Amst.*, 1699, in-8, fig., 2 vol.

> Bel exemplaire broché.

531. Emblematum repositorium, quo mille imagines symbolicæ cum latinis, gallicis, italicis et germanicis lemmatibus illustratæ. *Nuremberg*, 1728, in-4, fig., cart, (*Mouillé.*)

535. Dictionnaire contenant la connaissance du monde, des sciences universelles et particulièrement celle des médailles, des passions, des mœurs, des vertus et des vices, représenté par des fig. hiéroglyphiques, expliquées en prose et en vers. *Wesel*, 1700, in-4, 50 fig., dem.-rel.

536. Horatii emblemata imaginibus in æs incisis notisque illustrata, Othone Vœnio Q. (lat., gall., ital. et flandr.) *Bruxellis, Foppens*, 1683, gr. in-4, 103 fig. et portrait de Vœnius, gravé par de Larmessin, bas.

537. Le spectacle de la vie humaine, ou leçons de sagesse, exprimées en 103 tableaux tirés d'Horace, par Othon Vœnius, avec des explications, par Jean Leclerc. *La Haye*, 1755, in-4, fig., v. m.

538. Cl. Paradini symbola heroica. *Antverpiæ, Plantin*, 1583, = Joa. Sambuci emblemata multa et aliquot nummi antiqui, *Ibid.*, 1576, in-16, cart.

> Ces deux ouvrages contiennent un grand nombre de figures sur bois par Sal. Bernard.

539. Virtutes cardinales ethico emblemate expressæ (per Jac. Caterum). *Antuerpiæ, Plantin*, 1645, in-4, br.

> 4 jolies gravures

540. De rerum usu et abusu, auct. Bern. Furmero. *Antuerpiæ, Plantin*, 1575, pet. in-4, dem.-rel.

> 27 figures.

541. Emblematum ethico-politicorum centuria J. G. Zincgrefii; editio sec., cœlo Mat. Meriani. *Francof.*, 1614, pet. in-4, fig., cart.

542. Emblesmes d'amour moralisés et gravés par Albert Flamand, peintre, avec 50 gravures. *Paris, Clouzier*, 1636, in-8, cart.

543. Marci Zuerii emblemata. *Amst., Jansson*, 1651, pet. in-12, vél.

544. Dialogo de las empresas militares y amorosas, compuesto en leng. ital. por Paolo Jovio, y trad. en romance castellano por Alonzo de Ulloa. *Leon de Francia, Rouille*, 1561, pet. in-4, fig. sur bois, v. ant., fil., tr. dor.

545. Dialogo del'imprese militati e amorose di Mgr Giovo e di Gab. Symeoni. *Leone*, 1574, pet. in-8, bas.

546. Joa. Pierii Valeriani hieroglyphica, sive de sacris Ægyptiorum aliarumque gentium litteris, libri LVIII. *Francof.*, 1678, in-4, fig., vél. cordé.

547. Joa. Trithemii polygraphiæ libri VI. *Coloniæ, Birckman*, 1561, pet. in-8, vél.

BELLES-LETTRES.

I. INTRODUCTION. — LINGUISTIQUE.

548. Dictionnaire de la langue sainte, par le chev. Leigh, trad. de l'angl., par Louis de Wolzogue. *Amst.*, 1703, in-4, br. en cart.

549. Lexicon manuale hebraicum et chaldaicum, auct. Glaire. *Paris*, 1830, in-8, br.

550. Lubini Clavis linguæ græcæ. *Amst., D. Elzev.*, 1664, pet. in-12, vél.

551. Thesaurus græcæ linguæ H. Stephani. *Paris.*, 1572, in-fol., 4 vol., v. fil.

552. Photii Lexicon, e codice Galeano descripsit Rid. Porsonus. *Lipsiæ*, 1823, in-8, dem.-rel.

553. Sex. Pompeius Festus et Mar. Verrius Flacus, de Verborum significatione, cum notis Dacerii, ad us. Delph. *Amst.*, 1699, in-4, v. br.

554. Essai sur l'universalité de la langue française, par Allou. *Paris*, 1828, in-8, bas.

555. Dictionnaire de l'Académie française. *Paris, Bossange*, 1825, in-4, 2 vol., br. — Supplément... *Paris*, 1827, in-4, br.

556. Dictionnaire de la langue oratoire et poétique, par J. Planche. *Paris*, 1819, in-8, 3 vol., dem.-rel.

557. Grammaire françoise-celtique, ou françoise-bretonne, par Gr. de Rostrenen. *Rennes*, 1738, in-8, v.

558. Nouveau dictionnaire franç.-allem. et allem.-franç., 7e édit. *Strasbourg*, 1812, in-4, 2 vol., br.

559. Dialogues english and hindoostanee, by J. R. Gilchrist. *London*, 1820, in-8, d.-cuir de Russie.

559 *bis*. Arte china..., composta por J. A. Gonzalves. *Macao*, pet. in-4, v.

560. Dictionnaire chinois, français et latin, par de Guignes. *Paris, I. I.*, 1813, in-fol., br.

561. P. Ern. Jablonskii opuscula, quibus lingua et antiquitas

Ægyptiorum , difficilia librorum sacrorum loca… illustrantur; edidit atque animadvers. adjecit J.-G. Te Water.
Lugd·Bat., 1804-13, in-8, 4 vol., br.

562. Chr. Scholz grammatica ægyptiaca utriusque dialecti ,
quam dedit C. G. Woide. *Oxonii*, 1778, in-4. vél.

563. Lexicon ægyptiaco-latinum elaboratum a M. V. Ha Croze,
in compendium redactum a Chr. Scholtz, adnotatum a
G. Woide. *Oxonii*, 1775, in-4, v.

564. Joa. Rossi etymologiæ ægyptiacæ. *Romæ*, 1808. in-4, vél.

564 *bis*. Didymi Taurinensis literaturæ copticæ rudimentum.
Parmæ, 1783, in-4, dem.-rel. (*Piqué.*)

565. Grammatica linguæ copticæ , auct. Peyron. *Taurini*,
1811, in-8, cart.

565 *bis*. Lexicon linguæ copticæ. *Taur.*, 1825, in-fol., rel.

566. Recherches critiques et historiques sur la langue et la
littérature de l'Egypte, par E. Quatremère. *Paris, I. I.*,
1808, in-8, bas.

567. Analyse des anciens textes égyptiens , par Salvolini.
1838 , in-4 , rel.

II. ORATEURS. — CONTES. — ROMANS. — FACÉTIES.

568. Les cinquante séances de Hariri , publ. en arabe par
Caussin de Perceval. *Paris*, 1818, in-4, br.

568 *bis*. Er. Puteani suada attica sive orationum selectarum
syntagma. *Amst., Elzev.*, 1644, pet. in-12, vél.

569. Histoire morale de l'éloquence, par Ed. Landié. *Paris*,
1814, in-8, bas.

570. Demosthenis et Æschinis opera , gr. et lat , a Wolfio
illustrata. 1607, in-fol., v.

571. Demosthenis orationes, edidit Dindorfius, gr. *Lipsiæ*,
1825, pet. in-8, dem.-rel.

572. Harangues tirées d'Hérodote, de Thucydide, de Xénophon, etc., par l'abbé Auger. *Paris*, 1788, in-8, 2 vol., bas.

573. Longi Pastoralia , græce cum proloquio de libris eroti-
cis antiquorum. *Parmæ, Bodoni*, 1786, gr. in-4, cart.

574. Les amours pastorales de Daphnis et Chloé, par Longus,
double traduction d'Amyot et d'un anonyme. *Paris, impr.
pour les curieux*, 1757, pet. in-4, fig. d'Audran, v. gr., fil.,
tr. dor.

575. Les amours de Daphnis et Chloé, traduction de 1782
(par F.-Val. Mulot, chan. de Saint-Victor). *Mithylène*,
1783, in-8, mar. rou., fil., tr. dor.
    Figures du Régent, avec les petits pieds.

576. Les métamorphoses, ou l'Ane d'or d'Apulée, avec le démon de Socrate, par l'abbé de Saint-Martin. *Leipzig,* 1769, pet. in-8, 2 vol., br.

577. Joa. Barclaii Argenis, libri V, cum clave. *Amst., Elzev.,* 1671, pet. in-12, vél.

578. Histoire de dom Belianis de Grèce, trad. nouvelle (par Cl. de Beuil). *Paris,* 1625, in-8, parch.

579. Tarsis et Zélie, nouv. édit. *Paris,* 1774, gr. in-8, fig. et vign., 6 vol., v. ér.

580. Les exilés de la cour d'Auguste, par Mme de Villedieu. *Suiv. la copie de Paris, Utrecht, Vanzyll,* 1684, pet. in-12, v.

581. Faramond ou l'histoire de France (par de la Calprenède et P. d'Ortigue de Vaumorière). *Amst., jouxte la copie impr. à Paris (Elzevir),* 1664, pet. in-8, fig., 12 vol., vél.

582. Casimir, roi de Pologne. *Suiv. la copie impr. à Paris chez Cl. Barbin (Elzev.),* 1680, pet. in-12, 2 t. en 1 vol., vél.

583. Les militaires au-delà du Gange, par M. de Lo Looz. *Paris,* 1778, in-8, fig. de Ch. Eisen, 2 vol., v. m.

584. Les amours de Psyché et de Cupidon, par J. de la Fontaine. *Paris, Didot j.,* 1791, gr. in-4, fig. en coul., v. m.

585. Aventures de Télémaque, avec les figures gravées d'après les dessins de Ch. Monnet, par J.-B. Tilliard. *Paris,* 1785, gr. in-4, 2 vol., mar. rou., tr. dor.

> On a joint les figures au lavis de Parisot. — Voir aux beaux-arts, 2e série de ce Catalogue.

586. Les mêmes. *Paris, Lequien,* 1820, in-8, fig., 2 vol., v. vert, fil., tr. dor.

587. Telemaco in ottava rima da Flam. Scarselli. *Venezia,* 1748, in-8, 2 part. en 1 vol., v. f., tr. dor.

588. Le voyage du Vallon Tranquille, nouvelle historique, par F. Charpentier, nouv. édit. *Paris,* 1796, in-18, gr. pap. vél., dem.-m. r., n. r.

589. Histoire de don Quichotte et nouvelles de M. de Cervantes (trad. par Filleau de Saint-Martin). *Amst., Arkstée,* 1768, in-12, fig. de Folkéma, 8 vol., v. éc.

590. La seconda cena di Antonfrancesco Grazzini detto il Lasca. *Firenze,* 1743, pet. in-8, dem. m. vert, n. r.

591. Mort d'Abel, poëme de Gessner, trad. par Hubert. *Paris, Defer de Maisonneuve,* 1793, gr. in-4, fig. col., v. f., fil., tr. dor.

592. Satire de Pétrone, trad. nouvelle (par Durand). *Paris,* 1808, in-8, 2 vol., dem.-rel.

593. Joa. Barclaii Satyricon, cum notis et clave. *Lugd-Bat.*,
1674, in-8, vél.

594. Speculum vitæ aulicæ de admirabili fallacia et astu-
tia Vulpeculæ Reinikes lib. IV, auct. Hartm. Schoppero.
Francof., 1579, pet. in-12, fig., cart.

595. Dissertationum ludicrarum et amœnitatum scriptores
varii. *Lugd.-Bat.*, *Hackius (Elzev.)*, 1638, pet. in-12, vél.
— Democritus ridens sive Campus recreationum honesta-
rum, cum exercitione Melancholiæ. *Coloniæ*, 1649, pet. in-
12, vél.

596. Theses nec non disputatio ex universa Vinosophia
Dom. Biberii. 1750, pet. in-8, br.

597. Pasquini et Marphorii curiosæ interlocutiones super
præsentem orbis christiani statum , lat., gall. ac belg.
1684, pet. in-12, v.

598. Plaidoyers d'un perroquet, d'un chat et d'un chien,
suivi du jugement ; avec des notes, etc. *Paris*, 1803,
in-18, v. ant., fil., tr. dor.

599. L'Eloge de la folie, par Erasme, trad. par Gueudeville.
Amst., *L'Honoré*, 1731, pet. in-8, fig. de Holbein, v.

600. Eloge de la folie, trad. du lat. d'Erasme, par de la
Veaux, avec les fig. de J. Holbein. *Basle*, 1780, in-8, br.

601. L'Eloge de la folie, par Erasme, trad. nouv., par
C. B. de Panalbe. *Anvers*, 1827, in-8, dem.-rel.

602. Eloge de la roture, dédié aux roturiers. *Paris*, 1766,
in-12, br.

603. Essai historique, littéraire et galant, etc., sur les lan-
ternes, par une Société de gens de lettres (Dreux du Radier). *Dole*, *Lucnophile*, 1755, in-12, br.

III. POÉSIE.

A. POËTES GRECS ET LATINS.

604. Anacréon, Sapho, Bion et Moschus, trad. nouvelle en
prose, suivie de la Veillée des fêtes de Vénus, par M. M...
C... (Moutonnet Clairfons), *Paphos*, *Paris*, 1775, in-8,
fig. et vign., v. m.

605. Odes d'Anacréon, trad. par de S.-Victor, *Paris*, 1818,
in-8, br.

606. Apollonii Sophistæ lexicon græcum Iliadis et Odysseæ,
gr. et lat., edidit C. d'Ansse de Villoison. *Paris*, 1773,
in-fol., 2 vol., br.

607. Eclaircissemens sur Homère, par Koppen. *Hanovre,* 1792, in-8, 3 vol., cart. (*En allem.*)

608. Homeri Ilias, gr. et lat. cum notis Sam. Clarke. *Londini, Knapton,* 1754, in-4, 2 tom. — Homeri Odyssea, gr. et lat., cum notis Clarke. *Ibid.,* 1740, 2 tom.; les 4 tom. en 2 vol., gr. in-4, v. m.

Bel exemplaire.

609. L'Iliade d'Homère, trad. en vers, par de Rochefort. *Paris, I. R.,* 1781, in-4, 2 vol., v. m., fil.

610. Guerre de Troie, par Quintus de Smyrne, trad. par Tourlet. *Paris,* 1800, in-8, 2 vol., bas.

611. Corpus omnium veterum poetarum latinorum, secundum seriem temporum. *Genevæ,* 1611, in-4, v.

612. P. Virgilii opera quæ supersunt, in antiquo codice Vaticano ad priscam imaginum formam incisa a B. Sancte-Bartoli. 1725, in-fol., fig., cart.

613. L'Enéide de Virgile, trad. par de Guerle. *Paris,* 1825, in-8, 2 vol., br.

614. L'Eneide di Virgilio del comm. Ann. Caro. *Parigi, Quillau,* 1760, in-8, fig. et vign., 2 vol., v. f., fil., tr. dor.

615. Q. Horatius, cum notis Minellii. *Lugd.-Bat.,* 1744, in-12, br.

616. Q. Horatius. *Birmingh., Baskerville,* 1762, in-12, fig., v. éc., fil., tr. dor.

617. Horace, trad. par Dacier. *Paris,* 1681, in-12, 10 vol., v. f.

618. Œuvres d'Horace, trad. par Dacier et le P. Sanadon, avec les fig. et vignettes de B. Picard. *Amst.,* 1735, in-12, 8 vol., v.

619. Les mêmes, trad. avec des remarques, par le P. Sanadon. *Amst.,* 1756, in-12, 8 vol., v.

620. P. Ovidii opera, curante Nic. Heinsio. *Amst., Elzev.,* 1652, in-24, 3 tom. en 1 vol., v.

621. P. Ovidius, cum fig. *Amst., Wetstein,* 1751, pet. in-12, 3 vol., dem.-rel.

622. P. Ovidius. *Paris, Barbou,* 1762, in-12, 3 vol., v. m., f., tr. dor.

623. Œuvres complètes d'Ovide, trad. par Poncelin. *Paris,* an VII (1799), in-8, fig., 7 vol., dem.-rel.

624. P. Ovidii Metamorphoses, cum 180 iconibus in æs incisis. *Antuerpiæ, Plantin,* 1591, pet. in-8, obl., br.

625. P. Ovidii Metamorphoseon libri XV, cum notis Minellii. *Amst.*, 1733, pet. in-12, br.

626. Les Métamorphoses d'Ovide, en lat. et en franç., trad.
par Banier (avec les figures de Lemire). *Paris,* 1767, in-4,
4 vol., v., tr. dor.

627. Les mêmes, en lat. et en franç., trad. par l'abbé Banier.
Paris, 1768, in-4, fig., 4 vol., v. f., fil., tr. dor.

628. Les mêmes, trad. de Banier, avec 16 figures, d'après
B. Picart. *Paris,* 1799, in-12, 4 vol., dem.-rel.

629. Les mêmes, trad. par J. G. Dubois-Fontanelle, avec le
texte latin; on y a joint un dictionnaire mythologique, par
F. G. Desfontaines. *Paris, Duprat,* 1802, gr. in-8, fig.,
4 vol., br. en cart.

630. Les mêmes, trad. en vers par F. Desaintange. *Paris,*
1800, in-8, fig., 2 vol., v. rac.

631. Commentaires sur les épîtres d'Ovide, par Bachet de
Meziriac. *La Haye,* 1716, in-8, dem.-rel.

632. Catullus, Tibullus et Propertius, ex recens. J. G. Græevii,
cum notis variorum. *Traj., ad-Rh.,* 1680, in-8, v.

633. Iidem. *Birmingh., Baskerville,* 1772, in-8, v. f.

634. Catullus, Tibullus et Propertius.—Martialis.—Lucanus,
Lucretius.—Prædium rusticum. *Paris., Barbou,* 1754-92,
in-12, 6 vol., v. m., fil., tr. dor.

635. Juvenalis et Persii satyræ. *Lugd.-Bat,* 1618, in-8, vél.

636. J. Juvenalis et Persii satyræ, curante Schrevelio. *Lugd.-
Bat.,* 1658, in-8, dem.-rel.

637. Poëme de Pétrone sur la guerre civile entre César et
Pompée, avec deux épîtres d'Ovide et le Pervigilium Veneris, trad. par le Présid. Bouhier. *Amst.,* 1737, in-4, v.
m., fil.

638. Pervigilium Veneris, ex edit. P. Pithœi, cum notis variorum. *Hagæ-Com.,* 1712, in-8, v. m.

639. Aur. Prudentii Clementis quæ exstant, curante Nic.
Heinsio. *Amst., D. Elzev.,* 1667, pet. in-12, vél.

640. Jani Duzæ nova poemata. Item Hadriani Junii carminum
lugdunensium sylva. *Lugd. (Bat.),* 1575, pet. in-8, mar.
rou., dent., tr. dor. (*Rel. ancienne.*)

641. Dan. Heinsii poëmata et laudatio nobil. viri Jani Dousæ;
acced. ejusd. Manes Dousiei; Elogia item funebris Jos.
Scaligeri, et aliorum quædam. *Lugd.-Bat.,* 1605, in-4,
fig., et portr., vél.

642. Geo. Buchanani poemata. *Lugd.-Bat.*, *Elzev.*, 1628,
   pet. in-12, vél.
643. B. Bauhusii. B. Cabillavi et C. Malaperti epigrammata
   et poemata. *Ant.*, *Plantin*, 1634, in-24, br.
644. Nic. Heinsii poemata, accedunt Joa. Rutgersii quæ qui-
   dem collegi potuerunt. *Lugd.-Bat.*, *Elzev.*,1653, pet. in-12,
   vél.
645. T. Fl. Clementis hymnus in Christum ; Severi Sancti
   Endelechii carmen bucolicum de mortibus boum , ed.
   Piper. *Gottingæ*, 1835, in 8, br.
646. Joa. Claii explicationum anniversariorum evangeliorum
   lib. IV. *Witebergæ*, 1601, pet. in-8, 2 tom. en 1 vol., v.
647. Ad. vander Burchii piorum hexastichon centuriæ quatuor, in quibus lacrymæ et gaudia. *Lugd.-Bat.*, *Plantin*,
   1603, in-8, vél.
648. Laur. Gambaræ rerum sacrarum liber (cum fig.
   Bern. Passari , Rom.). *Ant.*, *Plantin*, 1577. === Apoca-
   lypsis Bohemica, seu admirabilis et stupenda visio, belli
   bohemici causam, et exitum portendens, etc. 1620. ===
   Epiniciorum a populo Christiano, acie pragensi perduelles...
   pegmata sacra. 1621, in-4, v. br. (*Mouillé.*)

   Ces trois ouvrages contiennent un grand nombre de figures.

649. Joa. Owenii epigrammata. *Amst.*, *Elzev.*, 1647, in-16,
   vél.
650. Les épigrammes d'Owen, en vers français, par Lebrun,
   avec le latin à côté. *Bruxelles*, 1719, pet. in-12, cart.

B. POÈTES FRANÇAIS ET ÉTRANGERS.

651. Mémoires sur la versification et essais divers, par le
   comte de Saint-Leu. *Florence*, 1819, in-4, papier vél.,
   br.
652. De l'état de la poésie française dans les xiie et xiiie siècles,
   par de Roquefort. *Paris*, 1815, in-8, br.
653. La Danse aux aveugles et autres poésies du xve siècle, extraits de la bibliothèque des ducs de Bourgogne, par P. Mi-
   chault, publ. par Lamb. Doux fils. *Lille*, *Panckouche*, 1748,
   pet. in-8, br.
654. Œuvres de Clém. Marot, (publ. par Lenglet-Dufresnoy.)
   La Haye, 1731, pet. in-12, 6 vol., bas.
655. Satyres et autres œuvres de Regnier, accompagnées de

A**   4

remarquées historiques. *Londres, Tonson,* 1733, in-4, v. &c.,
fil., tr. dor.

  Bel exemplaire en grand papier.

656. Œuvres de Boileau, avec des éclaircissements historiques donnés par lui-même, ornées des belles fig. de B.
Picart. *Amst., Dav. Mortier,* 1718, in-4, 2 vol., v.

657. Les mêmes, avec des éclaircissements historiques donnés par lui-même, texte encadré. *Amst., Dav. Mortier,* 1718,
in-fol.. 2 tom. en 1 vol., v. m.

  Figurés par B. Picard le Romain, et culs de lampe et beau portrait de la princesse de Galles, gravé par Gunst, d'après Kneller.

658. Les mêmes, vignettes de B. Picart. *La Haye,* 1722,
in-12, 4 vol., dem.-rel., n. rog.

659. Les mêmes, publ. par de Saint-Marc. *Amst.,* 1772,
in-8, 5 vol., fig. et vign. de B. Picart, v. m.

660. Les mêmes. *Paris, Herhan,* 1813, in-8, pap. vél.,
3 vol., v. rac., dent.

661. Contes et Fables de M. Lenoble, avec le sens moral, suivis de quelques odes d'Horace avec la traduction. *Amst.,
Geo. Gallet,* 1699, pet. in-8, 2 vol., avec 107 jolies gravures de J. V. Vianen, v.

662. Œuvres de J.-B. Rousseau. *Paris, Lefèvre,* 1820, in-8,
5 vol., v. dent.

663. Œuvres du card. de Bernis, avec le poëme de la Religion
vengée. *Paris, Didot aîné,* 1797, in-8, pap. vél., fig., br. en
cart.

664. Idylles, par Berquin, avec 13 jolies gravures, par Marillier. In-18, mar. rouge.

665. Œuvres de Ponce Denis (Ecouchard) Lebrun. *Paris,*
1811, in-8, 4 vol., v. fil.

666. Les Mois, poëme en 12 chants, par Roucher. *Paris,*
1779, gr. in-4, fig. de Marillier, Moreau et Cochin, 2 vol.,
dem.-rel.

667. L'Agriculture, poëme (par de Rosset.) *Paris, J. R.,*
1774, in-4, 8 figures et 10 vignettes par Saint-Quentin
et Marillier, v. m.

668. L'homme des Champs, par J. Delille. *Paris, Didot,*
1805, in-8, fig., pap. vél., cart.

669. Le Temple de l'amitié, poëme en quatre chants, par
Raymond. *Leipzig,* 1819, in-8, pap. vél., mar. rou., fil.,
tr. dor.

670. Les Vanneaux, poëme héroï-comique. 1775 , in-8, br.

671. Les quatre saisons du Parnasse ou choix de poésies lé-
gères depuis le xix⁰ siècle , avec des notices (par Fayolle),
Paris, 1805-09, in 12, 16 vol., v.

672. Traduction nouvelle en vers de l'Enfer du Dante, d'après
le nouveau Commentaire de Biagioli, avec le texte en regard, et enrichie d'un discours, par Brait Delamarthe. *Paris*, 1823, in-8, pap. vél., mar. rou., doublé de tabis, et
fil. fers à froid, tr. dor. (*Aux Armes.*)

673. Jérusalem délivrée, trad. par Lebrun. *Paris*, 1814. in-8,
fig., 2 vol., v. gr. fil., tr. d.

674. Os Lusiadas poema-epico de Luis de Camoes ediçao
dada à luz por D. Joze Maria de Souza-Botelho. *Paris, F. Didot*, 1817, in-4, papier vél., portrait, fig. avant la lettre,
dem.-v. f., n. rog.

Cette édition magnifique, exécutée aux frais de M. de Souza, n'a
pas été mise dans le commerce.

675. Essai sur l'homme, par Pope, trad. franç. en prose, par
Silhouette. *Lausanne*, 1744, gr. in-4, fig., v.

676. Ensaio sobre o homem de Alex. Pope, trad. verso por
verso por Fr. B. M. Targini Barao de Sao Lourenço. *Londres,
Whittingham*, 1819, in-4, fig., 8 vol., cart.

Traduction accompagnée du texte et de notes en huit langues.

677. Adr. Van de Venne Tafereel van de Belacchende Werelt
in der Zelf geluckige Eeuwe. *S' Gravenhagen*, 1635, in-4,
parch.

Figures curieuses,

IV. THÉATRE.

678. Cours de littérature dramatique, par W. Schlegel. *Paris*,
1814, in-8, 3 vol., br.

679. Euripidis tragœdia Hippolytus, quam latino carmine
conversam à Geo. Ratallero, annotationibus instruxit L. C.
Valckenaer. *Lugd.-Bat.*, 1708, in-4, dem.-rel.

680. Les Phéniciennes d'Euripide, trad. par Thurot. *Paris
Didot*, 1827, in-8, br.

681. Sophoclis tragœdiæ septem, nova versione donatæ, scho-
liisque veteribus illustratæ; accedunt notæ perpetuæ et
variæ lectiones opera Th. Johnson. *Etonæ*, 1788, in-8,
2 vol., v., fil.

682. Théâtre complet des latins, par J. B. Levée. *Paris*,
1820, in-8, 15 vol., br.

683. M. A. Plauti comœdiæ. *Lugd.-Bat.*, *Elzev.*, 1652, in-24, vél.

684. M. A. Plautus. *Paris.*, *Barbou*, 1759, in-12, 3 vol., v. f. fil., tr. dor.

685. L. An. Senecæ tragœdiæ, cum notis integris. J. F. Gronovii et aliorum, recensuit J. C. Schroderus. *Delphis*, 1728, in-4, v. m.

686. P. Terentii comœdiæ; Phædri fabulæ; Publii Syri et aliorum veterum sententiæ, cum notis, edidit R. Bentleius. *Amst.*, *Wetstein*, 1727, in-4, vél.

687. Terenti, comœdiæ. *Birmingh.*, *Baskerville*, 1772, in-8. v. f., fil.

688. Terentius. *Birmingh.*, *Baskerville*, 1772, gr. in-4, dem.-v.

689. Annales dramatiques ou dictionn. général des théâtres. *Paris*, 1808, in-8, 9 vol., cart.

690. Œuvres de J. Rotrou. *Paris*, *Desoër*, 1820, in-8, 5 vol., br.

691. Théâtre de P. Corneille, avec des commentaires et autres morceaux intéressans. *Genève*, 1774, in-4, fig. de Gravelot, 8 vol., bas., fil.

692. Œuvres de Molière, avec les gravures de Punt. *Amst.*, *Arkstée*, 1750, pet. in-12, 4 vol., v.

693. Œuvres dramatiques de Destouches. *Paris*, *Lefèvre*, 1811, in-8, fig., 6 vol., v. ant., fil., tr. dor.

694. Œuvres de Ducis. *Paris*, *Nepreu*, 1818, in-18, fig., 6 tom. en 3 vol., v. ant., tr. dor.

695. Théâtre de M. J. de Chenier. *Paris*, 1818, in-8, 3 vol., bas.

696. Œuvres de M. Andrieux. *Paris*, *Nepveu*, 1818, in-8, 4 vol., br.

697. Proverbes dramatiques, 2ᵉ édid. *Versailles*, 1783, in-8, 8 vol., dem.-rel.

698. Théâtre d'un poète de Sybaris. *Paris*, 1788, pet. in-12, 3 vol., v. f., fil., tr. dor.

700. Il Pastor fido, di Bat. Guarini. *Amst.*, *D. Elzev.*, 1678, in-24, fig. de Seb. Leclerc, v.

701. Aminta, di Torq. Tasso. *Crisopoli*, *Bodoni*, 1789, gr. in-4, dem.-v., n. rog.

702. Il medesimo, v., tr. dor.

703. Shakespear, trad. de l'angl., par Letourneur. *Paris*, 1780, in-8, 20 vol., dem.-v.

V. PHILOLOGIE. — MÉLANGES LITTÉRAIRES.

701. Athenæi deipnosophistarum libri XV, cum Jac. Dalé-
champii latina interpretatione. *Lugd.*, 1612, in-fol., v.

705. Banquet des savans, par Athénée, trad. par Lefebvre de
Villebrune. *Paris, Imp. de Mons.*, 1789-91, gr. in-4, pap.
vél., 5 vol., br.

706. A. Gellii noctes atticæ. *Amst., D. Elsev.*, 1665, in-12,
vél.

707. Collectio dissertationum rarissimarum historico-philo-
logicarum, ex Musæo J. G. Grævii. *Traj. Bat., Van De
Water*, 1716, pet. in-4, fig., vél. cordé.

708. Lib. Fromondi saturnalitiæ cœnæ variatæ sive Peregrina-
tio cælestis. *Lovanii*, 1665, in-4, v.

709. Cours analytique de littérature générale, par Lemercier.
Paris, 1817, in-8, 3 vol., v., fil.

710. Cours de littérature grecque, par Planche. *Paris,* 1828,
in-8, tom. 2 à 7, br.

711. Élémens de littérature, par Marmontel. *Paris*, 1787,
in-12, 6 vol., v. rac.

712. Leçons françaises de littérature et de morale, par Noël et
de la Place. *Paris,* 1818, in-8, 2 vol., bas.

713. Cours de littérature française, par Villemain. *Paris*,
1830, in-8, 5 vol., bas.

Pour la division des Beaux-Arts, voir à la page 91

HISTOIRE LITTÉRAIRE. — IMPRIMERIE.
— BIBLIOGRAPHIE.

714. Atlas historique et chronologique des littératures anciennes et modernes, des sciences et des beaux-arts, par
Jarry de Mancy. *Paris, Renouard*, 1831, in-fol., br.

715. Histoire de la littérature ancienne et moderne, par Schlegel, trad. de l'allem. par W. Duckett. *Paris*, 1829, in-8,
2 vol., bas.

716. Histoire abrégée de la littérature grecque, par Schœll.
Paris, 1813, in-8, 2 tom. en 1 vol., v. dent.

717. Examen critique des plus célèbres écrivains de la Grèce,
par Denys d'Halicarnasse, trad., texte en regard, par F. Gros,
Paris, 1826, in-8, 3 vol., br.

718 Études morales et historiques sur la littérature romaine,
depuis son origine, par Charpentier (de S. Prest.). *Paris*,

1829, in-8, bas. — Essai sur l'histoire littéraire du moyen-âge, par le même. *Paris*, 1833, in-8, bas.

710. Recherches sur les sources antiques de la littérature, française par Berger de Xivrey. *Paris*, 1829, in-8, bas. — Tableau littéraire du XVIII° siècle, par Victorin Fabre. *Paris*, 1810, in-8, br.

720. Tableau historique de la littérature française aux XV° et XVI° siècles, par Charpentier (de St Prest). *Paris*, 1833, in-8, bas. — Tableau de la littérature française au XVI° siècle, par St.-Marc Girardin et Ph. Chasles. *Paris*, 1829, in-8, bas. — Tableau de la littérature française au XVIII° siècle, par de Barante. *Paris*, 1832, in-8, br.

721. Tableau de la littérature française au XVIII° siècle, par Villemain. *Paris*, 1838, in-8, 2 vol., br.

722. La France littéraire (par l'abbé Delaporte). *Paris*, 1769-84, pet. in-8, 4 vol., br.

723. Le Journal des Savans, par de Hédouville. *Cologne, P. Michel*, (*Elzev.*), 1666, pet. in-12, vél.

724. Histoire de la littérature d'Italie, tirée de Tiraboschi et abrégée par Ant. Landi. *Berne*, 1784, in-8, 5 vol., br.

725. Litteratura turchesca dell' ab. Giamb. Toderini. *Venezia*, 1787, in-8, fig., 3 vol., dem.-rel.

726. Alphabetum tironianum, auct. Carpentier, *Lut.*, 1747, gr. in-fol., br.

727. Jac. Morellii bibliotheca manuscripta græca et latina; tomus primus. *Bassani*, 1802, in-4, br.

728. Verzeichniss.... Catalogue des livres manuscrits chinois et mantchous, de la biblioth. roy. de Berlin, par J. Klaproth. *Paris*, 1822, in-fol., br.

729. Manuel typographique par Fournier, le jeune. *Paris, Barbou*, 1764-66, pet. in-8, fig., 2 vol., br.

730. Caractères de l'imprimerie, par Fournier, le j°. *Paris*, 1764, pet. in-8, dem.-rel.

731. Ger. Meerman origines typographicæ. *Hagæ-Com.*, 1765, in-4, fig., 2 tom. en 1 vol., v. f., dent.

732. Annales typographici, ab artis inventæ origine ad ann. 1664, opera Mich. Maittaire, *Amst.*, 1733-35, in-4, fig., 6 tom, en 3 vol., v. f.

    Bel exemplaire.

733. Annales de l'imprimerie des Alde, ou histoire des trois

Manuce et de leurs éditions, par M. Renouard. *Paris, l'auteur*, 1825, in-8, fig., 3 vol., br.

734. Eclaircissemens historiques et critiques sur l'invention des cartes à jouer, par l'abbé Rive. *Paris*, 1780, in-12, br.

735. Nouvelle bibliothèque d'un homme de goût ou tableau de la littérature ancienne et moderne, par l'abbé D. L. P. (De la Porte). *Paris*, 1798-99, in-8, 4 vol., br. en cart.

736. Joa. Vogt Catalogus historico-criticus librorum rariorum. *Hamburgi*, 1753, in-8, cart.

737. Bibliothèque curieuse, historique et critique, ou catalogue raisonné de livres difficiles à trouver, par D. Clément. *Gottingue*, 1750-53, in-4, tom. 1 à 4, cart.

738. Dictionnaire bibliographique choisi du XV* siècle, par de la Serna Santander. *Bruxelles*, 1805-07 in-8, 3 vol., d.-rel.

739. Bibliographie instructive ou traité de la connaissance des livres rares et curieux, par G. F. De Bure. *Paris*, 1763-68, in-8, 7 vol., v. f., fil.

Avec quelques corrections manuscrites.

740. Dictionnaire typographique, historique et critique des livres rares, par Osmont. *Paris, Lacombe*, 1768, in-8, 2 vol., v.

741. Catalogue des livres imprimés en Hollande, de 1472 à 1500, par Jac. Visser. *Amst.*, 1767, in-4, dem.-rel. (*En holland.*)

742. Dictionnaire des livres opposés à la morale des jésuites (par les PP. Colonia et Patouillet. *Bruxelles*, 1761, in-12, 4 vol., br.

743. Catalogue des ouvrages de M. Fourmont l'aîné. *Amst.*, 1731, in-12, vél.

744. Bibliotheca Wittiana. *Dordraci*, 1701. — Marckiana. *Hagæ-Com.*, 1712. — Sarrasiana. 1715. — Petaviana et Mansartiana. 1722. — Van der Aa. 1729. — Neuwertiana. 1734. — Ménarsiana, ou catalogue de J. J. Charron, marq. de Menars. *La Haye*, 1720, pet. in-8, 7 vol., v.

La plupart de ces catalogues sont avec prix.

745. Bibliotheca Du Boisiana ou catalogue de la bibliothèque du card. Du Bois, recueillie par l'abbé Bignon. *La Haye*, 1725, pet. in-8, 4 vol., v. (*Prix*).

746. Catalogus librorum bibliopolii P. Foppens. *Bruxellis*, 1752, in-4, br. — Catalogue... de J. Neaulme. *La Haye*, 1765, in-8, 6 tom. en 2 vol., v. (*Prix*).

747. Catalogues des bibliothèques des collèges des ci-devant jésuites, dont les ventes ont eu lieu à Gand, Bruges, Mons, Tournay, Courtray, Bruxelles, Malines, Maestricht et Ruremonde, de 1743 à 1778 ; plus, un catalogue des livres choisis dans les différentes bibliothèques, vendus en 1780 à Bruxelles, in-8, 9 vol. (*Avec prix*).

748. Catalogues de diverses bibliothèques étrangères, dont : Lud. Bosch, 1768. — Emmens de Bruxelles, 1778, 2 vol. —Metternich, 1771, 2 vol.—Nothen, 1749, etc.—Nahuys, 1799. — Burmanni., 1800. — Sandifort., 1816.—De Bors, 1822, in-8, 10 vol. (*Quelq.-uns avec prix*).

749. Bibliotheca Roveriana, 1806, 2 vol. — Lauwersiana, 1829. — Hullmanniana, 1829. — Catal. de M. de Servais, de Serna Santander, 1816. — De Mᵐᵉ d'Outhremont, 1830. — De la comtesse d'Yves, etc., in-8, 7 vol.

750. Catalogue de la bibliothèque d'un amateur (belge). *Bruxelles*, 1823, in-8, 2 vol., br. (*Prix*).

751. Bibliotheca Meermaniana sive catalogus librorum et codicum manuscriptorum quos dereliquit, D. Joa. Meerman. *Hagæ-Com.*, 1824, in 8, 1 tom. en 2 vol., d.-rel.

> Avec des notes manusc. intéressantes, par le baron Rolmers, et les prix argent des Pays-Bas.

SCIENCES SOCIALES.

I. POLITIQUE. — ECONOMIE POLITIQUE.

752. Politique tirée des propres paroles de l'Ecriture Sainte, par Bossuet. *Bruxelles*, 1721, pet. in-8, 2 vol., br.

753. Arn. Clapmarius, de arcanis rerum publicarum, illustratus à Joa. Corvino. *Amst.*, *Elzev.*, 1614, pet. in-12, v. — Politica in genuinam methodum quæ est Aristotelis, reducta et explicata ab Hen. Arnisæo. *Amst.*, *L. Elzev.*, 1651, pet. in-12, vél.

754. Traj. Boccalini, lapis lydius politicus *Amst.*, *Elzev.*, 1640, pet. in-12, parch.

755. La république de Platon ou du juste et de l'injuste, trad. par M. de la Pillonnière. *Imprimé à Londres aux frais et sous les yeux du traducteur*, 1726, gr. in-4, bas.

756. Entretiens de Phocion sous le rapport de la morale avec la politique, par Mably. *Paris*, an III, gr. in-4, fig., d.-rel.

757. Intérêts et Maximes des princes et des états souverains

(57)

(par Henri, duc de Rohan). *Cologne, J. Du Puis (Holl., Elsev.)*, 1666, pet. in-12, 2 part., 1 vol., vél.

758. Le prince chrestien et politique, trad. du D. Diègue Saavedra Faxardo, par J. Rou. *Suiv. la copie à Paris*, 1668, pet. in-12, fig., 2 tom. en 1 vol., v.

759. Considérations politiques sur les coups d'estat, par Gab. Naudé. *Sur la copie de Rome (Elsev.)*, 1679, pet. in-12, v.

760. Bartholomæi de Las-Casas erudita et elegans explicatio questionis : Utrum reges vel principes, jure aliquo vel titulo, et salva conscientia, cives et subditos a regia corona alienare, et alterius Domini particularis ditioni subjicere possint?.... curante Jac. Kyllingero. *Tubingæ*, 1625, pet. in-4, mar. vert., fil., tr. dor.

   Exemplaire de Girardot de Préfond.

761. Car. Paschalii legatus. *Amst., L. Elzev.*, 1645, pet. in-12, vél.

762. Traité de la cour ou instruction des courtisans, par M. du Refuge. *Amst., Elzev.*, 1649, pet. in-12, vél.

763. Le même. *Amst., Elzev.*, 1656, pet. in-12, parch.

764. Recueil de pièces, édits, déclarations en hollandais, sur les monnaies, publ. dans le XVIII° siècle. Pet. in-8, cart.

   Grand nombre de figures parfaitement gravées.

II. JURISPRUDENCE.

765. Hug. Grotii de jure belli ac pacis libri tres *Amst., Blaeu*, 1670, in-8, v.

766. Le droit de la guerre et de la paix, par Grotius, trad. par Barbeyrac. *Amst.*, 1724, in-4, 2 tom. en 1 vol., v.

767. Précis du droit des gens, de la guerre, de la paix et des ambassades, avec l'abrégé des principaux traités, par le vicomte de la Maillardière. *Paris*, 1775-78, in-12, 3 vol., fil., tr. dor. (*Armories*).

768. Traité de la guerre ou politique militaire, par M. P. H. S. D. C. (Paul Hay, seign. du Chastelet.) *Amst., Wolfganck, (Elzev.)*, s. d., pet. in-12, v.

769. Joa. Corvini elementa juris civilis et partitiones juris utriusque. *Amst., L. Elzev.*, 1645, pet. in-12, vél.

770. Commentaire sur la loi des douze tables, par le citoyen Bouchaud, 2° édit. *Paris, Imp. de la Rép.*, 1803, in-4, 2 vol., br.

771. Corpus juris civilis. *Amst.*, *Elsev.*, 1664, in-8, 2 vol., vél. (*Mouillé*).

772. Corpus juris civilis, ed. stereot., cura J. L. G. Beck. *Lipsiæ*, 1829, in-4, 3 vol., cart.

773. Joa. Voet commentarius ad pandectas. *Col.-Agr.*, 1778, in-fol., 2 vol., br.

774. Tribonianus sive errores triboniani de pœna parricidii, auct. J. F. Ramos. *Lugd.-Bat.*, 1728, in-4, jol. fig., vél.

775. Ant. Perezii prælectiones in XII libros codicis Justiniani. *Amst.*, *Elzev.*, 1671, in-4, 2 tom. en 1 vol., vél.

776. Ant. Matthæi de judiciis disputationes XVII. *Amst.*, 1665, pet. in-12, v.

777. Ant. Merendæ controversiarum juris lib. XXIV. *Bruxellis*, 1745, in-fol., 5 vol., br.

778. Le nouveau Furgole ou traité des testamens, et des donations entre-vifs, par Desquiron. *Paris*, 1810, in-4, 9 vol., br.

779. Traité des assurances et des contrats à la grosse d'Emérigon, publ. par P. S. Boulay-Paty. *Rennes*, 1827, in-4, 2 vol., br.

III. HISTOIRE.

A. INTRODUCTION. — GÉOGRAPHIE.

780. Le guide de l'histoire, par Néel de La Rochelle. *Paris*, 1803, in-8, 3 vol., br.

781. Science de l'histoire, par Chantreau. *Paris*, 1806, in-4, 3 vol., cart.

782. Pomponii Melæ de situ orbis libri tres, curante Gronovio. *Lugd.-Bat.*, *Luchtmans*, 1722, in-8, vél.

783. Joa. Phil. à Wurzelbau opera geographico-astronomica. *Norimb.*, 1728, in-fol.; fig., br.

784. Géographie ancienne abrégée, par d'Anville. *Paris*, 1786, in-12, cart., 3 vol., dem.-rel.

785. Dictionnaire classique de géographie ancienne (par Bertrand d'Ayrolles). *Paris*, 1786, in-8, br.

786. Géographie des Grecs analysée, par Gosselin. *Paris*, 1790, in-4, v. rac.

787. Atlas et cartes relatives à la géographie d'Hérodote, Thucydide, Xénophon, etc., par Gail. In-4, br.

788. Le théâtre du monde, ou nouvel atlas contenant les

chartes et descriptions de tous les pays de la terre, mis en lumière par G. et F. Blaeu. *Amst.*, 1618-56. in-fol.-max., 8 tom. en 6 vol., vél.

> Très-bel exemplaire dont les cartes, coloriées avec soin, représentent les blasons et les costumes de chaque peuple. Les huit titres sont rehaussés d'or. Le dernier volume contient l'atlas de l'empire de la Chine, par le P. Martini.

789. Nouvel atlas de géographie anc. et moderne, par Arrowsmith et d'Anville. *Paris, H. Langlois*, 1820, in-4, cart.

790. Atlas universel de géographie ancienne et moderne, par Brué. *Paris*, 1828, in-fol., dem.-rel.

791. J. P. Abelini Theatrum europæum, ab anno 1629 ad 1638 (german.), cum figuris Meriani. *Francof.*, 1639-46, in-fol., tom. 2 et 3, port. et fig., parch.

792. Description géograph. et histor. des peuples les plus renommés de l'Europe ancienne, et des lieux les plus remarquables, par C.-F. Delamarche. *Paris*, 1809, in-4, cartes (18), dem.-rel.

B. VOYAGES.

793. De l'utilité et de l'importance des voyages et des courses dans son propre pays, par le chev. de Robilant. *Turin*, 1790, gr. in-4, 14 pl., br.

794. Bibliothèque universelle des voyages, par Boucher de la Richarderie. *Paris*, 1808, gr. in-8, 6 vol., dem.-rel., non rog.

795. Jac. Lollii Epistolæ itinerariæ, figuris adornatæ cura et studio H. O. Henninii. *Amst.*, 1714, gr. in-4, br.

796. Abrégé de l'histoire des voyages, par La Harpe. *Paris, Ledoux*, 1820, in-8, 24 vol., br.

797. Voyages du S' de la Motraye en Europe, Asie et Afrique. *La Haye*, 1727, in-fol., fig., 2 vol., v. br.

798. Voyage de la Pérouse autour du monde, publ. par Milet-Mureau. *Paris*, 1797, in-4, 4 vol. et atlas in-fol., cart.

799. Voyage autour du monde en 1790-95, par Géo. Vancouver. *Paris*, an VIII, in-4, pap. vél., 3 vol. et atlas, cart.

800. Voyage de découvertes aux terres australes de 1800 à 1804, publ. par Péron, partie historique. *Paris, J. J.*, 1807, in-4, 2 vol. et atlas, cart.

801. Le voyageur moderne, par Mad. Elis. de Bon. *Paris*,
1821, in-8, fig., 6 vol., br.

C. CHRONOLOGIE. — HISTOIRE UNIVERSELLE. — MŒURS
ET USAGES.

802. Atlas historique, général, chronol., de Lesage. In-fol.,
(32 cartes), dem.-rel.

803. L'art de vérifier les dates, depuis 1770 jusqu'à nos
jours, par le chev. de Courcelles. *Paris*, 1821, in-fol., 3
vol., en livr.

804. Eusebii Pamphili chronicorum canonum lib. II, gr. et
lat., Aug. Maius et Joh. Zohrabus ediderunt. *Mediolani*,
1818, in-4, br.

805. Chronicon paschale, curâ du Fresne du Cange. *Paris*,
1688, gr. in-fol., v.

806. Chronicarum liber (per Hartm. Schedel). *Norimb.*,
A. *Koberger*, 1494, gr. in-fol., v. *(Complet.)*
   Ouvrage connu sous le nom de la Chronique de Nuremberg, et
   orné d'environ 2,000 figures sur bois gravées par Mich. Wolgemut.

807. Joa. Aventini Chronica (germanicè). *Francof.*, 1566,
in-fol., fig. sur bois.

808. Mart. Poloni, archiep. Consentini, chronicon. *Antv.*,
Plantin, 1571, in-8, vél.

809. J. J. Leenaerts, Presbyteri, Annalia ab orbe condito ad
Darium Histaspis filium. *Amst.*, 1746, in-4, br.

810. Justinus, cum not. varior. *Amst.*, *Elzev.*, 1669,
in-8, v.

811. Justinus, cum not. varior., curante Gronovio. *Lugd.-*
Bat., *Luchtmans*, 1760, in-8, vél.

812. Histoire universelle, trad. de l'angl., par une Société de
gens de lettres. *Amst.*, 1747-1802, in-4, 46 vol., avec la
table, v. m., fil., tr. dor.

813. Histoire universelle, avec la vie des hommes et des
femmes célèbres, par G. Suiker et Is. Verburg. *Amst.*,
Wetstein, 1728, in-fol., 10 tom. en 5 vol., dem.-rel., n.
rog. *(En hollandais.)*
   Ouvrage orné de plusieurs centaines de belles figures.

814. Essai sur les grands événements par les petites causes,
par A. Richer. *Genève*, 1758, in-12, dem.-rel.

815. Mœurs et coutumes des peuples, ou collection de tableaux représentant les usages remarquables, les mariages,

funérailles, etc., des diverses nations du monde. *Paris*,
1814, in-4, fig. col., 2 vol., br.

815 *bis*. Funerali antichi di diversi popoli et nationi descritti
da Th. Porcacchi. *Venetia*, 1574, in-4, cart.

Avec 23 figures gravées par Ger. Porro.

816. Histoire des inaugurations des rois, empereurs et autres
souverains de l'univers, depuis leur origine jusqu'à présent (par Bevy). *Paris*, 1776, in-8, 2 vol. dont 1 cont.
14 fig., cart.

817. De l'usage des statues chez les anciens, essai historique
(par l'abbé de Guasco). *Bruxelles*, 1768, in-4, 12 planch., bas.

818. Recherches sur l'époque de l'équitation et de l'usage
des chars équestres chez les anciens, par Gab. Fabricy.
Marseille, 1764, in-8, 2 vol., dem.-rel.

819. Jac. Lydii Syntagma sacrum de rei militari nec non
de Jure Jurando dissertatio philologica, notis illustravit
Sal. van Til. *Dordraci*, 1698, gr. in-4, fig., vél.

820. Histoire du calendrier romain, par Blondel. *Paris*,
1699, in-4, vél.

821. Xenium Januarium, sive dissertatio historico-poetica
de Januarii et Strenarum origine, annisque antiquorum,
scripta a Chr. Chamberlino. *Bruxellis*, 1631, pet. in-4,
cart.

D. ARCHÉOLOGIE.

822. L'antiquité expliquée et représentée en figures, par
D. Bern. de Montfaucon. *Paris*, 1719, in-fol., 5 tom. en 10
vol., v. br.

823. Antiquités étrusques, grecques et romaines, grav. par David, avec leurs explications par d'Hancarville. *Paris*, 1787,
in-4, fig. en coul., 5 vol., vél. gr., tr. dor.

824. Muséum de Florence ou collection de pierres gravées,
statues, médailles et peintures, grav. par David, avec des
explications par Mulot et Sylv. Maréchal. *Paris*, *David*,
1787-1803, in-4, fig. au bistre, 8 vol., vél., gr., tr. dor.

825. Museum etruscum illustratum, observation. A. Fr. Gorii. *Florentiæ*, 1737, in-fol., fig., 2 vol., v.

826. Monumenta etrusca musei Guarnaccii, observat. Ant. Fr.
Gorii illustrata. *Florentiæ*, 1744, in-fol., fig., v.

827. Saggi, di dissertationi accademiche publicamente lette
nella nobile accademia etrusca dell' antichissima citta di
Cortona. *Roma*, 1735-41, in-4, fig., 3 vol., v. f.

828. Sam. Pitisci lexicon antiquitatum romanorum. *Leočar-
diæ, Halma*, 1713, in-fol., 2 vol., vél. cordé.
Avec le beau portrait du prince Eugène, par de Merian.

829. H. de Sallengre novus thesaurus antiquitatum romanorum. *Hagæ-Com.*, 1716, in-fol., fig., 3 vol., v. br.

830. Joa. Rosini antiquitates romanæ, cum not. Th. Demp-
teri. *Traj. ad Rh.*, 1701, in-4, fig , vél.

831. Vetera monumenta quæ in Hortis Cælimontanis et in
Ædibus Matthæorum adservantur, collecta et adnotationibus
illustrata a Rod. Venuti. *Romæ*, 1779, in-fol., fig., 3 vol.;
cart.

832. Monumenti antichi inediti ovvero notizie sulle anti-
chita' e belle arti di Roma per l'an. 1784-88, da Guattani.
Roma, 1784-88, in-4, fig., 5 part. en 1 vol., dem.-rel.

833. Ant. Franc. Gorii monumentum sive columbarium li-
bertorum et servorum Liviæ Augustæ et Cæsarum Romæ de-
tectum in via Appia a. 1726. *Florentiæ*, 1727, in-fol.,
20 pl., v. f.

834. Accurata, e succinta descrizione topografica delle anti-
chita di Roma (antica e moderna) dell' abb. Rid. Venuti.
Roma, 1763, in-4, fig., 4 vol., dem.-rel., non rog.

835. Joa. Ciampini vetera monumenta in quibus præcipue
musiva opera sacrarum, profanarumque ædium structura
ac nonnulli ritus dissertationibus illustrantur. *Romæ*,
1690-99, in-fol., 132 fig., cart., 2 vol., n. rogné. —
Ejusd. synopsis historica de sacris ædificiis, Copstantino
magno constructis. *Romæ*, 1693, in-fol., fig., cart., n. rog.

836. Description d'une mosaïque antique représentant des
scènes de tragédies, par Millin. *Paris*, 1829, in-fol., fig.
color.(28), cart.

837. Lazari Bayfii annotationes in lib. II de captivis, in quibus tractatur de re navali; Ejusdem annotationes in trac-
tatum de auro et argento leg. quibus vestimentorum et vas-
culorum genera explicantur. Ant. Thylesii de coloribus
libellus, a coloribus vestium non alienus. *Lutetiæ, R. Stephanus*, 1549, in-1, parch.
Jolies gravures sur bois.

838. Gemmæ antiquæ... Pierres antiques gravées, sur lesquelles les graveurs ont mis leurs noms, dessinés et gravées
par B. Picart, expliquées par Ph. de Stosch, trad. par de
Limiers, latin et français. *Amst.*, 1724, in-fol., 70 belles
planches, dem.-rel., n. rog.

839. Signa antiqua, e museo Jacobi de Wilde, veterum poetarum carminibus illustrata et per Mariam filiam ejus æri inscripta. *Amst. Sumpt. Auct.*, 1700, in-4, 63 pl., vél.

840. Gemmæ selectæ antiquæ e museo Jacobi de Wilde, sive 50 tabulæ... carminibus illustratæ. *Amst., Sumpt. Auctoris*, 1703, in-4, 52 fig., broché.

    Cet ouvrage contient 52 figures, y compris le frontispice et le portrait de de Wilde; elles sont de Had. Schoonbeck, et représentent 188 sujets.

841. Idem opus, in-4, vél.

842. Gemmæ et sculpturæ antiquæ depictæ à Leon. Augustino, addita carmine enarratione in latinum versa ab Jac. Gronovio, ed. sec. *Franequeræ*, 1694, in-4, 270 fig., 2 part. en 1 vol., bas.

843. Gemmarum affabre sculptarum thesaurus, quem... collegit Jo. Mart. ab Ebermayer, digessit et recensuit Jo. Jac. Baierus. *Norimb,*, 1720. in-fol., fig, (30) = Capita Deorum et illustrium hominum..... quas collegit J. M. ab Ebermayer, illustravit Erh. Reusch. *Francof.*, 1721, in-fol., fig. (17 reprs. 150 pierres précieuses), dem.-rel.

844. Descriptio brevis gemmarum quæ in museo baronis de Crassier asservantur. *Leodii, Kints*, 1740, in-4, fig. br., r.

    Ouvrage précieux et devenu rare.

845. Collection des pierres antiques, dont la chàsse des trois rois mages est enrichie à Cologne, gravées après leurs empreintes, avec un discours historique analogue, par J. P. N. M. V. *Bonn*, 1781, gr. in-4, cart.

    12 planches représentant 226 sujets.

846. Jo. Geo. ab Eckardi dissertatió de Apolline Granno Mogouno in Alsatia nuper detecto. *Wirceburgii, s. a,*, br. in-4.

847. Description curieuse des petites figures en or trouvées dans l'île Bornholm. *Hambourg*, 1725, in-4, fig., cart. (*En allem.*)

848. Deux lettres à mylord comte d'Aberdeen sur l'authenticité des inscriptions de Fourmont, par Raoul-Rochette. *Paris*, 1819, in-4, dem.-rel.

849. Notitia elementaris numismatum antiquorum illorum, quæ urbium liberarum, regum et principum ac personarum

illustrium appellantur, conscripta ab E. Froehlich. *Viennæ,* 1758, in-4, br.

850. Tables générales de la numismatique. *Rheims,* 1825, in-8, br.

851. Nouvelles recherches sur la science des médailles, par Poinsinet de Sivry. *Maestricht,* 1778, in-4, fig., v. m.

852. Hub. Goltzii opera omnia numismatica sive romanæ et græcæ antiquitatis monumenta. *Antverpiæ,* 1708, in-fol., fig., 5 vol., dem.-v., n. rog.

853. Numismata imperatorum romanorum à Pompeio magno ad Heraclium, collecta ab Ad. Occone. *Antv., Plantin,* 1579, in-4, fig., v. f., tr. dor.

854. Descrizione degli stateri antichi illustrati con le medaglie per Dom. Sestini. *Firenze,* 1817, in-4, fig., br. — Mémoire sur les médailles de Marinus frappées à Philippopolis, par Tochon d'Anneci. *Paris,* 1817, in-4 , fig., cart.

855. Médailles du grand et moyen bronze du cabinet de la reine Christine, grav. par Piet. Sante Bartolo, expliquées et trad. du lat. par Seg. Havercamp. *La Haye, P. de Hondt,* 1742, in-fol., fig., vél. cordé. (*En lat. et en français.*)

856. De Jos. Pellerin : Recueil de médailles de rois. *Paris,* 1762, 1 vol. — Médailles de peuples et de villes. *Ib.,* 1773, 3 vol. — Mélanges pour servir de supplém. *Ib.,* 1765, 2 vol. — Supplément aux six vol. précéd. *Ibid.,* 1765-66, 2 vol. — Lettres... *Ib.,* 1770, 1 vol.; les 9 vol. gr. in-4, fig., v. fil.

Le volume des lettres est en dem.-rel. et sur plus petit papier.

857. Description des médailles chinoises du cabinet impérial de France, précédé d'un essai de numismatique chinoise, par J. Hager. *Paris, I. I.,* 1805, gr. in-4, pap. vélin, cart.

E. HISTOIRE ANCIENNE.

858. Histoire ancienne, par Rollin. *Paris,* 1740 , in-12 , 13 tom. en 14 vol., v. m.

859. Voyage historique de la Grèce, par Pausanias, trad. par Gedoyn. *Paris,* 1731, in-4, fig., 2 vol., v. br.

860. Xenophontis opera, gr. et lat., ex recens. Edw. Wells, accedunt dissertationes et notæ viror. doctiss. cum C. A.

(65)

Thieme, cum præfat. J. A. Ernesti. *Lipsiæ*, 1791, in-8, 4
vol., v. gr.

861. Q. Curtius, cum notis varior. *Amst.*, *Elsev.*, 1665, in-8, v.

862. Examen critique des anciens historiens d'Alexandre-le-
Grand, par Sainte Croix, 2ᵉ édit. *Paris*, 1810, in-4, fig., br.

863. L'Italia avanti il dominio dei Romani (da Micali).
Firenze, 1810, in-8, 4 vol., atlas, in-fol., br.

864. Abrégé de l'histoire romaine, orné de 49 gravures. *Paris*,
Moutardier, 1805, in-4, cart.

865. La république romaine, ou plan général de l'ancien gouvernement de Rome, par de Beaufort. *La Haye*, 1766,
in-4, fig., 2 vol., br. en cart.

866. J. Rycquii de Capitolio romano commentarius. *Lugd.-
Bat.*, 1696, in-8, fig. de R. De Hooge, v.

867. Polybii opera, gr. et lat., Is. Casaubonus recensuit.
Paris, 1609, in-fol., v. f., fil.

868. Histoire de Polybe, trad. du grec, par Dom Vinc. Thuil-
lier, avec commentaires du chev. De Folard. *Amst.*, *Chatelain*, 1753, in-4, 120 planch., 7 vol., br. en cart.

869. Appiani Alex. historia romana, gr. et lat. *H. Steph.*
1592, in-fol., parch.

870. Histoire des guerres civiles de la république romaine,
trad. du grec d'Appien, par Combes-Dounous. *Paris*, 1808,
in-8, 3 vol., bas.

871. L. A. Flori historiæ romanæ libri IV, cum notis varior.
Lugd.-Bat., 1648, in-8, vél.

872. Florus, cum notis varior. *Lugd.-Bat.*, *Elzev.*, 1655,
in-8, vél.

873. Vell. Paterculi historia romana, cum notis varior., curante Burmanno. *Lugd.-Bat.*, 1717, in-8, vél.

873 bis. Vell. Paterculus, curante Burmanno. *Rott.*, 1756,
in-8, vél.

874. Eutropii breviarium historiæ romanæ, cum Pæanii me-
taphrasi græca. Messala Corvinus de Augusti progenie. Julius
Obsequens de prodigiis, etc. *Oxonii*, 1703, in-8, v. (*Couvert
de notes manuscr.*).

875. Histoire des campagnes d'Annibal en Italie pendant la
deuxième guerre punique, par Frédéric Guillaume. *Milan*,
I. R., 1812, gr. in-4, fig., 3 vol., br.

876. Titus Livius. *Amst.*, *Blaeu*, 1633, pet. in-12, vél.

877. Freinshemii supplementum livianorum decas. *Holmiæ*,
Jansson, 1649, pet. in-12, vél.

A**   5

878. C. Corn. Taciti opera, recens. Lallemand. *Paris.*, *Barbou*,
1750, in-12, 3 vol., v. f., tr. dor.

879. C. Corn. Taciti opera, edidit Gabr. Brotier. *Paris*, *Dé-*
latour, 1771, in-4, 4 vol., v., fil., tr. dor.

880. Cr. Sallustius, cum veterum historicorum fragmentis.
Amst., *Janssoh (Elzev.)*, 1641, pet. in-12, fig., vél.

881. Julius Cæsar, cum not. varior., studio Arn. Montani.
Amst., *Elzev.*, 1670, in-8, vél.

882. Suetonius, cum notis diversor. curante P. Burmanno.
Amst., 1736, in-8, fig., 2 tom. en 1 vol., vél. (*Notes*
manuscrites.)

883. Les Césars de l'Empereur Julian ou fable satyrique contre
les empereurs romains, trad. du grec, par Th. des Hayons.
Liége, 1670, pet. in-8, br.

884. Des changemens opérés dans toutes les parties de l'ad-
ministration de l'empire romain sous les règnes de Dioclé-
tien, etc., par Naudet. *Paris*, 1817, in-8, 2 vol., br.

885. Ed. Corsini de Præfectis urbis, etc. *Pisis*, 1766, in-4,
dem-rel.

886. Ammien Marcellin, trad. en franç. par de Moulines. *Lyon*,
1778, in-12, 3 vol., dem.-rel.

887. Constantini Porphyrogennetæ Imperatoris, opera, gr. et
lat., Joa. Meursius edidit. *Lugd.-Bat.*, *Elzev.*, 1627, in-8,
parch.

888. Historiæ byzantinæ scriptores post Theophanem, curâ
Combefisii. *Paris.*, 1685, in-fol., v.

889. Jo. Zonaræ annales. *Paris.*, 1686, in-fol., 2 vol., v.

890. Jo. Cinnami historiæ et Pauli Silentiarii descriptio S.
Sophiæ. *Paris.*, 1670, in-fol., v.

891. Theophylacti Samocattæ historiarum libri VIII. *Paris.*,
1647. — Nicephori breviarium historicum. *Paris.*, 1648,
in-fol., v.

892. Theophanis chronographia. Leonis Grammatici vitæ
imperatorum. *Paris.*, 1655, in-fol., gr. pap., v.

893. Nicetæ historia. *Paris.*, 1647, in-fol., gr. pap., v.

F. HISTOIRE MODERNE.

1. HISTOIRE GÉNÉRALE. — EUROPE.

891. Tableau des peuples qui habitent l'Europe classés d'a-
près les langues qu'ils parlent, et tableau des religions qu'ils
professent, par Fréd. Schœll. *Paris*, 1812, in-8, bas.

895. Histoire générale de l'Europe, depuis Charles-Quint jusqu'au 5 juin 1527, composée par Rob. Macquereau. *Louvain*, 1765, in-4, br.

895 *bis*. Commentarii de rebus Franciæ Orientalis et Episcopatus Witceburgensis, auct. J. Geo. ab Eckhart. *Wirceburgi*, 1729, in-fol., fig., 2 vol., bas.

896. Le Mercure hollandais contenant les choses les plus remarquables de toute la terre, arrivées en 1673-74. *Amst.*, *H. et Th. Boom*, 1675, pet. in-12, parch.

896 *bis*. L'Observateur hollandais en 24 lettres de M. Van** à M. H** de La Haye, sur l'état présent des affaires de l'Europe. *La Haye*, 1755 - 57, pet. in-8, 3 vol., mar. rou., fil., tr. dorée. (*Aux armes de Marie Leczinska*.)

897. L'Espion turc dans les cours des princes chrétiens, 15ᵉ édition. *Londres*, 1743, in-12, fig., 7 vol., br.—L'Espion chinois (par Goudard). *Cologne*, 1769, pet. in-8, 6 vol., br.

898. Recueil historique contenant diverses pièces curieuses de ce temps. *Cologne, Christ. Van Dyck* (*Holl., Elzéb.*), 1666, pet. in-12, vél.

899. Le dénouement des intrigues du temps par la réponse au livret intitulé lettres et autres pièces curieuses sur les affaires du temps. *Liége* (*Elzev.*), 1672, pet. in-12, vél.

900. Mémoires pour servir à l'histoire du temps. *Cologne*, 1676, pet. in-12, parch.

901. Relation de la négociation de la paix de Ryswik, avec les noms des plénipotentiaires, la représentation des armes de leurs carosses , de l'habit de leurs domestiques, etc. *La Haye*, 1697, pet. in-8, blasons, br.

902. Lettres, mémoires et négociations du comte d'Estrades, avec l'achat de Dunkerque. *Londres*, 1743, in-12, 9 vol., v.

903. Respublicæ variæ. *Lugd.-Bat., Elzev.*, in-24, 26 vol., v.—Scilicet : Ph. Cluverii Introductio in universam geographiam.—Joa. Sleidani de IV summis imperiis libri tres.—Thomas Aq., de Rebuspublicis et Principum Institutione, libri IV. — Respublica Hebræorum, auct. P. Cunæo. — Eadem, per Car. Sigonium. — Resp. Achæorum.— Resp. Atheniensium.—Resp. Galliæ. — Vallesiæ et Alpium descriptio.—Resp. Sabaudiæ.— Resp. Venetorum.—De principatibus Italiæ. — Hispania.— Britannia.—Resp. Anglo-

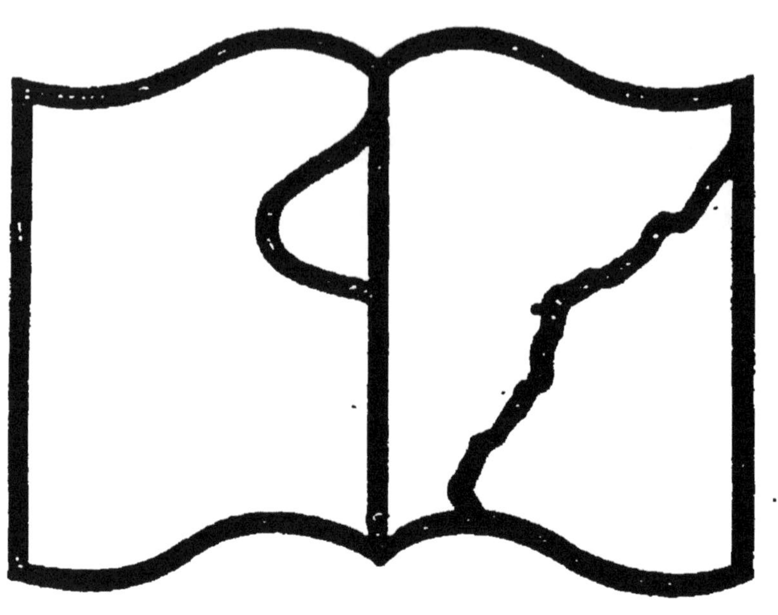

Texte détérioré — reliure défectueuse
NF Z 43-120-11

VALABLE POUR TOUT OU PARTIE DU
DOCUMENT REPRODUIT

rum. — Resp. Scotiæ et Hiberniæ. — Ulysses Belgico-Gal-
licus. — Resp. Namurcensis, Hannoniæ, etc. — Resp. Lut-
zenburgensis, etc. — Resp. Hungariæ. — Dania et Norwegia.
— Suecia. — Resp. Bohemiæ. — Regni Poloniæ descriptio.
— De Constantinopoleos Topographia. — De Bosphoro
Thracio. — Persia.

2. *HISTOIRE DE FRANCE.*

a. HISTOIRE GÉNÉRALE ET PARTICULIÈRE.

904. Histoire critique de l'établissement de la monarchie
française dans les Gaules, par l'abbé Dubos. *Amst.*, 1735,
in-12, 3 vol., br.

905. Mémoires pour servir à l'histoire des Gaules et de la
France, par Gibert. *Paris*, 1744, in-12, br.

906. Recherches sur les origines celtiques, princip
sur celles du Bugey, considéré comme berceau (
celtique, par Bacon-Tacon. *Paris*, an VI, in-8   2
vol., br.

907 Les illustrations des Gaules et singularités de T   , par
Mᵉ Jean le Maire de Belges, avec la couronne mar   .ritique
et autres œuvres. *Lyon*, *J. de Tournes*, 1549, in-fol.,
parch.

908. Histoire des Gaulois, par J. Picot. *Genève*, 1804, in-8,
3 vol., bas.

909 Etat de la France, avec des mémoires historiques sur
l'ancien gouvernement de cette monarchie, par le comte
de Boulainvilliers. *Londres*, 1727, in-fol., 3 vol., v. br.

910. Abrégé chronol. de l'histoire de France, par Mézeray.
Amst., *Wolfgang*, 1682, pet. in-8, port., 6 vol., v. br.

911. Histoire de France, représentée par figures grav. par
David, avec un discours. *Paris*, 1788, in-4, fig. en coul.,
5 vol., vél. gr., tr. dor.

912. Figures de l'histoire de France, par Jacq. Phil. Lebas.
Texte et figures (1 à 154), belles épr.

913. La France illustre, ou le Plutarque français, par F. H.
Turpin. *Paris*, *Dufart*, 1780, in-4, fig. et port., 4 vol.,
dem.-rel., n. rog.

914. Les illustres Français, ou Tableaux historiques des
grands hommes de la France, pris dans tous les genres de
célébrité jusqu'à l'époque de 1792, par Ponce. *Paris*, l'auteur, 1816, in-fol., fig., cart.

915. Histoire de Charlemagne, par Gaillard. *Paris, Foucault,* 1819, in-8, 2 vol., bas., fil.

916. Conjuration d'Etienne Marcel contre l'autorité royale, ou hist. des Etats-Généraux de la France de 1355 à 1358, par Naudet. *Paris,* 1815, in-8, br.

917. Le premier (le second, le troisième et le quart) volume des croniques de France, Dangleterre, Descoce, Despaigne, de Bretaigne, de Gascongne, de Flandres et lieux circon-voisins, par Jeh. Froissart. *Paris, Guil. Eustace,* 1513-14, pet. in-fol., goth., 4 tom. en 3 vol., dem.-rel., v. (*Raccommodages.*)

918. Chroniques d'Enguerrand de Monstrelet. In-fol.

> Manuscrit sur papier, écriture de la fin du xv siècle, avec lettres ornées ; un examen attentif nous a fait voir quelques variantes entre ce manuscrit et l'édition de M. Buchon : il commence à l'année 1422, à la mort de Charles VI, et va jusqu'en 1461 à la mort de Charles VII. Entre l'année 1441 et 1448 il y a une lacune, ce qui nous fait croire, avec M. Buchon, que la continuation n'est pas la même que celle de Matthieu, publiée par le même éditeur à la suite de son Monstrelet. (*Note de M. Auguis.*)
>
> Quelques feuillets ont été arrachés, ce qui rend ce manuscrit incomplet.

919. Chroniques d'Enguerrand de Monstrelet. *Paris,* 1603, in-fol., 2 tom. en 1 vol., bas.

920. Histoire de Jeanne-d'Arc, par le Brun de Charmettes. *Paris,* 1817, in-8, fig., 4 vol., v. gr., dent.

921. Guil. Dondini Historia de rebus in Gallia gestis ab Alexandro Farnesio. *Pestini,* 1750, in-fol., v.

922. Histoire de François Ier, par Gaillard. *Paris,* 1819, in-8, 5 vol., v. dent.

923. La Légende des Flamens. *Paris,* 1558. Le banquet et après-dînée du comte d'Arête, où il se traite de la dissimulation du roi de Navarre, par M. Dorléans. *Jouxte la copie de Paris,* 1594, pet. in-8, vél.

924. Satyre Ménippée. *Ratisbonne,* 1752, pet. in-8, fig., 3 vol., v. m.

925. Mémoires d'Etat sous le règne des roys Henry III et Henry IV, par M. de Cheverny. *La Haye, J. et Dan. Steucker (Elzevir),* 1669, pet. in-12, 2 tom. en 1 vol., vél.

926. Histoire du roy Henry le Grand, par Hardouin de Péréfixe. *Amst., L. et Dan., Elzevir,* 1661, pet. in-12, vél.

927. Diverses pièces pour la défense de la royne mère du roy

Louis XIII, publ. par Math. de Morgues. In-fol., 3 tom. en 1 vol., v.

928. Mémoires de M. D. L. R. (M. de la Rochefoucauld) sur les brigues à la mort de Louis XIII, etc. *Cologne, Pierre van Dyck*, (Holl., Elzev.), 1662, pet. in-12, vél.

929. Histoire de la vie et du règne de Louis XIV, par de la Hode, avec 58 médailles. *Francfort et Basle*, 1740-41, in-4, tom. 1 et 2, cart., n. rog.

930. L'Entrée triomphante de Louis XIV et de Marie-Thérèse dans la ville de Paris en 1662. *Paris*, 1662, in-fol., fig., v.

931. Médailles sur les principaux événements du règne de Louis le Grand, avec des explications historiques. *Paris, I. R.*, 1702, gr. in-4, 286 fig., v. br.

932. Mémoire du roi très-chrétien à l'abbé de Gravel, envoyé par S. M. avec la dépêche en date du camp de Maestricht, le 18 juin 1673. *Cologne, Ev. Wurts*, 1673, pet. in-12, cart.

933. Histoire du vicomte de Turenne (par Ramsay). *Paris*, 1735, in-4, cartes, 2 vol., v. f., fil.

934. Histoire des quatre dernières campagnes du maréch. de Turenne de 1672 à 1675, par le chev. de Baurain et le comte de Grimoard. *Paris*, 1782, in-fol., fig., 2 vol., v. br., fil.

935. Campagnes de Louis XV, ouvrage enrichi de cartes, de la vue des villes assiégées, du plan des batailles et des portraits des généraux célèbres. *Paris*, 1788, 107 pl., in-fol., 2 vol., dem.-rel., n. rog.

936. Médailles du règne de Louis XV (par Fleurimont), en 77 pl. encadr. Gr. in-4., cart.

937. Histoire de la guerre des Alpes, ou campagne de 1744, par le marq. de Saint-Simon. *Amst.*, 1770, in-4, bas.

938. Lettres de M. l'abbé de Saint-Cyr à Mgr le Dauphin père de Louis XVI, écrites pendant la campagne de Flandres en 1745, *Bruxelles*, 1791, pet. in-12, br.

939. Cérémonies observées au sacre et couronnement de Louis XVI. *Paris*, 1775, pet. in-8, br.

940. La valise décousue, ou Recueil de lettres de différentes personnes sur les insurrections de France, de Liége et des Pays-Bas. *Francf.*, 1790, pet. in-8, 2 part., en 1 vol., dém.-rel.

Rare.

941. Preuves de conspirations contre toutes les religions et

tous les gouvernements de l'Europe, ourdies par les illuminés, les francs-maçons, etc., par John Robison. *Londres*, 1799, in-8, 2 vol., br.

942. Le voile levé pour les curieux, ou le Secret de la révolution de France, révélé à l'aide de la Franc-Maçonnerie. *Paris*, 1816, in-8, cart.

943. Mémoires pour servir à l'histoire du Jacobinisme, par Barruel, *Hambourg, Fauché*, 1798-99, in-8, 5 vol., dem.-rel.

944. Essais sur l'histoire de la révolution française, par une Société d'auteurs latins, en franç. et en lat. *Paris*, an VIII, in-12, br.

945. Histoire secrète de la révolution française, par F. Pagès, 2e édit. *Paris*, 1800, 6 vol., in-8, bas.

946. Lettres à Mgr le comte de B. sur la révolution arrivée en 1789, etc. *Londres*, 1789-90, in-8, 7 vol., dem.-rel.

947. La vie et le martyre de Louis XVI, par de Simon. *Maestricht*, 1796, in-8, br. — Les régicides ou les trames de l'assassinat de Louis XVI, drame historique en trois actes et en prose, par un officier émigré. 1793, in-8, br.

948. Louis XVI détrôné avant d'être roi, par l'abbé Proyart. *Paris*, 1814, in-8, br.

949. Lettres sur quelques particularités secrètes de l'histoire, pendant l'interrègne des Bourbons, par le comte de Barruel-Beauvert. *Paris*, 1815, in-8, 3 vol., br.

950. Relation de la fameuse retraite du général Moreau, vers la fin de la mémorable campagne de 1796, trad. de l'all. du doct. Posselt. *Basle*, 1798, in-8, cartes, bas.

951. Mémoires de la marquise de la Rochejacquelein. *Paris*, 1817, in-8, bas.

952. Histoire de France sous l'empire de Napoléon le Grand, représentée en figures, accompagnée d'un précis histor.; les fig. grav. par David, d'après les dessins de Monnet. *Paris, David*, 1809, in-4, pap. vél., & tom. en 3 vol., v. gr., fil., tr. dor.

953. Le temple de la gloire, ou les fastes militaires de la France, depuis Louis XIV, par le génér. Aug. Jubé. (Révolution française.) *Paris, Rapet*, s. d., in-fol., fig., 2 vol., en livr.

954. Le cérémonial françois, par Théod. Godefroy. *Paris*, 1649, in-fol., 2 vol., v. br.

955. Sinceri itinerarium Galliæ, *Amst.*, *Janssonius*, 1655, pet. in-12, fig., vél.

956. Mémoires intéressans pour servir à l'histoire de France, des maisons royales, châteaux et parcs, par Poncet de la Grave. *Paris*, 1788, in-12, fig., 2 vol., v. m.

957. Nouvelle description des châteaux et parcs de Versailles et de Marly, par Piganiol de la Force. *Paris*, 1764, in-12, fig., 2 vol., dem.-rel. — Voyage pittoresque des environs de Paris, ou description des maisons royales, par M. D***. *Paris. De Bure*, 1755, in-12, v.

958. Voyage pittoresque de Paris, ou indication de tout ce qu'il y a de plus beau dans cette ville en peinture, sculpture et architecture, par D*** (d'Argenville). *Paris*, 1757, in-12, fig., v. m.

959. Histoire de Paris, par Dulaure. *Paris*, 1823, in-12, 10 tom. en 20 vol. et atlas in-4, br.

960. La police de Paris dévoilée, par P. Manuel. *Paris*, an II, in-8, 2 vol., bas.

961. Histoire du donjon et du château de Vincennes, depuis leur origine jusqu'à l'époque de la révolution, par L. B. *Paris*, 1807. in-8, fig., 3 vol., cart.

962. Tableau pittoresque de la vallée de Montmorency. *Paris*, s. d., in-8, fig., br.

963. Ulrici Obrechti Alsatiarum rerum prodromus. *Argent.*, 1681, in-4, cart.

964. De l'origine des Bourgongnons, et antiquité des estats de Bourgongne, par Pierre de St-Julien. *Paris*, 1581, plan. = Histoire du Berry, par J. Chaumeau *Lyon*, 1566, plans et blasons, in-fol., v. m.

965. Une province sous Louis XIV, situation de la Bourgogne de 1661 à 1715, par Al. Thomas. *Paris*, 1844, in-8, br.

966. Recette généralle des finances de Moulins, pour l'an 1633. In-fol., vél. (*Manuscrit sur vélin d'environ 300 pages*).

967. Histoire de Lyon, par P. Clerjon. *Lyon*, 1829, in-8, fig., 6 vol. et la table, br.

968. Histoire du canal du Midi ou de Languedoc, par le général Andréossy, avec cartes et plans. *Paris*, an VIII, in-8, cart.

969. Monumens de l'église de Sainte-Marthe de Tarascon, départ. des Bouches-du-Rhône, etc. *Tarascon*, 1835, gr. in-8, fig., pap. vél., dem.-v.

970. Antiquités bordelaises, par P. Bernadau. *Bordeaux*,
1797, in-8, bas.

971. Histoire de Berri, par Chaumeau. *Lyon*, 1566, in-fol.,
fig., v.

972. Notices chronologiques sur les théologiens, juriscon-
sultes, philosophes, artistes, troubadours et historiens de la
Bretagne, par Miorcec de Kerdanet. *Brest*, 1818, in-8, br.

3. HISTOIRE DES PAYS-BAS.

973. Ponti. Heuteri de veterum ac sui seculi Belgio lib. II.
Antverpiæ, 1616, in-4, cart.

974. Phil. Cæsii à Zesen Leo Belgicus, hoc est reipublicæ
belgarum fœderatæ descriptio. *Amst., L. et D. Elzev.*, 1669,
pet. in-12, vél.

975. Abrégé chronologique de l'histoire de Flandre, par
Panckoucke. *Dunkerque*, 1762, in-8, dem.-rel.

976. Les chroniques et annales des Flandres, comp. par
Pierre d'Houdegherst. *Anvers*, 1571, in-4, v.

977. Annales des Provinces-Unies, par Basnage. *La Haye*,
1726, in-fol., 2 vol., v.

998. Aub. Miræi opera diplomatica et historica, ed. Fr.
Foppens. *Lovanii*, 1773-48, in-fol., 4 vol., v. m. (*Bel
exemplaire*).

978 *bis*. Diplomatum Belgicorum nova collectio, sive supplementum ad opera diplomatica Aub. Miræi, tomus quartus,
cura et studio J. F. Foppens. *Bruxellis*, 1748, in-fol., br.

979. Militia sacra ducum et principum Brabantiæ, auct. Joa.
Molano. *Antv., Plantin*, 1592, in-8, parch. (*Rare*).

980. Hadr. Barlandi chronica ducum Brabantiæ. Brabantiados
poema Melch. Barlæi, iconibus (36) J. B. Urienti illustrata
Antverpiæ, Plantin, 1600, pet. in-fol., v.

981. Les généalogies et anciennes descentes des forestiers et
comtes de Flandres, avec brièves descriptions de leurs veies
et gestes décrites par Corn. Martin, ornées de 35 fig., par
P. Balthasar. *Anvers*. 1608, pet. in-fol., cart. (*Mouillé*).

982. Oliv. Vredii Sigilla comitum Flandriæ. *Brugis*, 1639,
in-fol., fig., v. br.—Ejusdem genealogia comitum Flandriæ,
variis sigillorum figuris repræsentata. *Ib.*, 1642, in-fol.,
fig., 2 vol., v. br.

983. Miroir des nobles de Hasbaye, composé en forme de
chronicque par Jacq. de Hemricourt, chev. de St-Jean-de-
Jérusalem, l'an 1353, mis en nouveau langage par le sieur

de Salbray. *Bruxelles*, 1673. in-fol., fig. et blasons,
v. éc.

984. Ant. Sanderi chorographia sacra Brabantiæ sive cele-
brium in ea provincia abbatiarum, cœnobiorum, etc., etc.
descriptio. *Hagæ-Com.*, 1726, in-fol., 3 vol., bas.

    Remplis de belles figures.

985. Fath. Stradæ de bello belgico decas duæ. *Juxta Exem-
plar Romæ. (Elzev.)*, 1648, pet. in-12, fig., 2 vol., vél.

986. Le miroir de la cruelle et horrible tyrannie espagnole
perpétrée au Pays-Bas, par le tyran duc de Albe, et aultres
commandeurs de par le roy Philippe le deuxiesme. On a
adjousté la deuxiesme partie de les tyrannies commises aux
Indes occidentales, par les Espagnols. *Amst.*, 1620, pet.
in-4, fig., v. f., fil.

987. De Leone Belgico, ejusque topographica atque historica descriptione liber, Mich. Aitsingero auctore. *Coloniæ-
Ubiorum*, 1586, pet. in-fol., parch.

    Cet ouvrage est orné de 142 figures curieuses, gravées par Fr. Ho-
genbœr.

988. Advis fidelle aux véritables Hollandais, touchant ce qui
s'est passé dans les villages de Bodegrave et Swammerdam,
et les cruautés inouïes que les François y ont exercées.
Hollande, à la Sphère, 1673, in-4, fig. de Romain de Hooghe,
vél. bl.

    Belles épreures.

989. Grapheus, de triumphe van Antwerpen. *Antv.*, 1550,
in-fol., cart.

    Belles figures sur bois. Une d'elles est imparfaite.

990. Voyage de don Fernande, infant d'Espagne, cardinal,
avec le roi Philippe IV, son frère, depuis avril 1632, jusqu'à son entrée à Bruxelles, le 4 nov. 1634, trad. de l'espagnol de D. Diego de Aedo et Gallart, par Jules Chifflet.
Anvers, 1635, in-4, fig., vél.

991. Marie de Médicis entrant dans Amsterdam ou histoire de
la réception faite à la reine, mère du roi très-chrétien, trad.
du lat., de Gasp. Barleus. *Amst., Blaeu*, 1638, gr. in-fol.,
vél.

    16 grandes et belles gravures et portrait de la reine, par Savry,
Devlieger et Moyaert.

992. Relation du voyage de S. M. Britannique en Hollande,

et de la réception qui lui a été faite. *La Haye,* 1692, in-fol., vél.

> 15 belles figures de Romain de Hooghe, et le portrait de Guillaume III, gravé par van Gunst, d'après Brandon.

993. Joh. Fred. Gronovii adlocutio ad S. P. Cosmum Magnum Etruriæ principem cum Academiam visitaret. *Lugd.-Bat., J. Elzev.,* 1668, in-fol., vél. (24 p.).

994. Mémoires du comte de Guiche, concernant les Provinces-Unies des Pays-Bas. *Londres,* 1744, pet. in-8, v.

995. Calendrier général de la Flandre, du Brabant et des conquêtes du roi. *Lille,* 1748, in-12, br., rog.

> Rempli de détails intéressants.

4. HISTOIRE DE LA SUISSE, D'ITALIE, D'ESPAGNE ET D'ANGLETERRE.

996. Histoire militaire de la Suisse et celles des Suisses dans les différens services de l'Europe, par May de Romainmotier. *Lausanne,* 1788, in-8, 8 vol., br.

997. Vues remarquables des montagnes de la Suisse, avec leur description et onze belles planches. *Berne,* 1778, gr. in-4, cart.

998. Travels through the Rhetian Alps in 1786, from Italy to Germany, through Tyrol, by Albanis Beaumont. *London,* 1792, in-fol. atl., pap. vél., v.

> Avec 10 grandes figures à l'aquatinte.

999. Recueil d'antiquités trouvées à Avenches, à Culm et en d'autres lieux de la Suisse, par Schmidt. *Berne,* 1760, in-4, 35 pl., br.

1000. Nouveau théâtre du Piémont et de la Savoye (par Jacq. Bernard). *La Haye,* 1725, in-fol. max., 4 part. en 2 vol., v. br.

> Cet ouvrage contient plus de 200 planches gravées par Romain de Hooghe et autres habiles graveurs; des cartes, des vignettes et culs de lampe, par B. Picart, etc.

1001. Chronique de Savoye, par Guil. Paradin. *Genève,* 1602, in-fol., v.

1002. Sabaudorum Ducum Principumque historiæ gentilitiæ lib. II, Lamb. Vandenburchio, auctore. *Lugd.-Bat., Plantin,* 1599, in-4, blasons, vél.

1003. Histoire de la vie et faits d'Ezzelin III, tyran de

Padoue, traduit de l'italien de P. Gerardot. *Paris*, 1644, in-8, portr., vél.

1004. Viaggio pittorico della Toscana. *Firenze, Tofani*, 1801, in-fol., fig., 2 vol., en 55 livr.

1005. Description de l'isle de Sicile et de ses côtes maritimes, avec les plans des forteresses. *Vienne en A.*, 1719, in-fol., cart. (*Mouillé.*)

1006. Voyage critique à l'Etna en 1819, par de Gourbillon. *Paris*, 1820, in-8, fig., 2 vol., br.

1007. An account of Corsica, by J. Boswell. *Glasgow*, 1768, in-8, cart.

1008. Annales d'Espagne et de Portugal, par don Juan Alvarez de Colmenar. *Amst.*, 1741, gr. in-4, 4 vol., cartes et fig., dem.-rel., n. rog.

1009. Histoire des rois catholiques Ferdinand et Isabelle (par Mignot). *Paris*, 1766, in-12, 2 vol., v. gr.

1010. Histoire publique et secrète de la cour de Madrid, dès l'avènement du roi Philippe V à la couronne. *Cologne, Pierre Le Sincère*, 1719, in-12, port., vél.

1011. Histoire critique de l'inquisition d'Espagne, par Llorente, trad. de l'espag. par A. Pellier, 2ᵉ édit. *Paris*, 1818, in-8, 4 vol., bas.

1012. Voyage pittoresque et historique de l'Espagne, par Alex. de Laborde. *Paris, Didot a.*, 1811, in-fol. max., pap. vél., fig., 4 vol., v. gr., dent.

1013. Etat présent du royaume de Portugal, nouv. édit. *Hambourg*, 1797, in-4, v. f., fil.

1014. Joannes Portugalliæ reges ad vivum expressi calamo a P. Emm. Monteyro, cœlo a Guil. Fr. Laur. Debrie. *Ulyssipone, Sylva*, 1742, gr. in-4, 5 port., v. gr., dent.

1015 Voyage en Portugal à travers les provinces d'Entre-Douro et Minho, de Beira, d'Estramadure et d'Alenteja, trad. de l'angl. de J. Murphy, par Lallemant. *Paris*, 1797, in-4, fig., cart.

1016. Anglia, hominum numero, rerumque fere omnium copiis abundans, sub Elizabethæ Reginæ imperio ... florentissima. 1579, in-fol., 38 cart. col., v. ant., fil.

1017. Annales rerum Anglicarum et Hibernicarum regnante Elisabetha, auct. G. Camdeno. *Lugd. Bat., Elzev.*, 1639, in-8, vél.

1018. Histoire d'Angleterre, représentée par figures gravées

par David, avec un discours. *Paris, David*, 1784, in-4,
vél. gr., tr. dor,

1019. Explication des médailles et des inscriptions qui sont
autour du portrait de milord Jean Churchill, duc de Marle-
borough , par Nic. Chevalier. *Utrecht* , 1704, pet. in-fol.,
port. (8 p.).

1020. Histoire de J. Churchill , duc de Marlborough, *Paris* ,
I. I., 1808, in-8, 3 vol., br.

1021. Histoire d'Angleterre, sous le règne de Georges III,
représentée en figures par David. *Paris, l'auteur*, 1812,
in-4, pap. vél , tom. 1ᵉʳ, v. gr , fil., tr. dor.

1022. Picturesque views of the River Medway, from the
Nore.., with observations by Sam. Ireland. *London*, 1793,
pet. in-4, pap. vél., fig. au bistre et vign. sur bois, v. gr.,
fil.

1023. Voyage en Angleterre et en Russie, par Ed. de Mon-
tulé. *Paris*, 1825, in-8, 2 vol. et atlas in-4, br.

1024. Scotorum historiæ a prima gentis origine cum aliarum
rerum et gentium illustratione non vulgari lib. XIX, Hect.
Boethio auctore. *Paris*, 1573, in-fol., v. ant., fil.

5. *HISTOIRE D'ALLEMAGNE ET DES PAYS DU NORD.*

1025. Rerum germanicarum scriptores , primum collectore
Joa. Pestorio, curante Struvio. *Ratisbonæ*, 1726, in-fol.,
3 vol., vél.

1026. Jo. Geo. Eccardi de origine Germanorum eorumque
rebus gestis libri duo. *Gottingæ*, 1750, in-4, fig., br.

1027. Histoire de l'empereur Charles VI, par Lalande. *La
Haye*, 1743, in-12, 6 vol., br.

1028. Mémoires pour servir à l'histoire de la maison de
Brandenbourg (par Frédéric II). *Berlin*, 1767, gr. in-4,
fig., 3 tom. en 1 vol., br. en cart.

1029. Description de Pyrmont, trad. de l'allem. de M. Mar-
card. *Leipzig*, 1785, in-8, fig., 2 vol., br.

1030. Coup-d'œil sur Belœil (par le prince Charles de Ligne).
Belœil, de l'impr. du prince, 1781, in-8, cart.

1031. Voyage pittoresque de Saxe, trad. de l'allem., orné de
12 jolis paysages, par Gunther. *Leipzic*, 1804, pet. in-8,
br., rog.

1032. Description de Dresde, par Ant. Wecken. *Nurenberg*,
1680, in-fol., fig., v. br. (*En allem.*)

1033. Promenade pittoresque dans l'évêché de Bâle, aux bords de la Birs, de la Sorne et de la Suze, avec 44 paysages d'après nature, au bistre et en forme d'album, par Hentzy. *La Haye*, 1808, in-8, 2 vol. et atlas in-4, br.

1034. Smetius Antiquitates neomagenses. *Noviomagi-Bat.*, 1678, in-4, fig., vél.

1035. Sol in occasu, sive Maximilianus Henricus, archiepiscopus Coloniæ an. 1678 Bonnæ mortuus lessu funebri deploratus, à musis Collegii Soc. Jesu, Coloh. *Coloniæ, P. Alstorff*, 1688, gr. in-fol., fig., br.

1036. Antiquitates et Annales Trevirenses, auct. RR. PP. Chr. Browero et Jac. Masenio. *Leodii*, 1671, in-fol., 2 vol., fig., br.

1037. Histoire du procès criminel et exécution des comtes Nadaszdi, Pet. Zrin, et Fr. Chr. Frangipan. *Nuremberg*, 1671, in-4, fig., cart. (*En allem.*)

1038. Monumenta Paderborniensia, ex historia Romana, Francica, Saxonica eruta, notis illustrata, (auct. Ferd. Furstenbergio.) *Lips'æ*, 1713, in-4, fig., v. br.

1039. Joa. Aventini Annalium Boiorum libri VII. *Francof.*, 1627, in-fol., v.

1040. Casp. Sagittarii antiquitates regni Thuringici. *Ienæ*, 1685, pet. in-4, v. f. (*d'Hoym*).

1041. Th. Crugeri Origines Lusatiæ, et historia Geronis primi Lusatiæ Infer. marchionis. *Lipsiæ*, 1726, in-4, fig., cart.

1042. Thesaurus rerum suevicarum, edente Jo. Reinh. Wegelino. *Lindaugiæ*, 1756-60, in-fol., 4 vol., br.

1043. Atlas Silesiæ, id est Ducatus Silesiæ generaliter in lucem emissus ab Hermannianis heredibus. *Norimb.*, 1750, in-fol. atl., cart.

1044. Rerum bohemicarum antiqui scriptores. *Hanoviæ*, 1602, in-fol., v.

1045. Matt. Merian. Topographia Bohemiæ, Moraviæ et Silesiæ. *Francof.*, 1650, in-fol., fig., v.

1046. Hungariæ antiquæ et novæ prodromus, auctor Mathias Belius. *Norimb.*, 1723, in-fol., fig., br.

1047. De regno Dalmatiæ et Croatiæ, auct. Joa. Lucio. *Amst.*, 1666, in-fol., v.

1048. L'Illyrie et la Dalmatie, trad. de l'allem. du doct. Hacquet, par Breton. *Paris, Nepveu*, 1813, in-18, fig. col., 2 vol., v. vert, dent., tr. dor.

1049. Histoire de Jean Sobieski, par l'abbé Coyer. *Amst.*, 1761, in-12, 3 vol., br.

1050. Histoire des pays septentrionaux, écrite par Olaüs le Grand, Goth, archevêque d'Upsal, etc. *Anvers, Plantin,* 1661, in-8, fig. sur bois, parch.

> Bel exemplaire, à peine rogné.

1051. Mémoires concernant Christine, reine de Suède, suivis de deux ouvrages de cette savante princesse, recueillis par Archen-Holtz. *Amst.*, 1751, in-4, 2 vol., v.

1052. Historia regum Norvegicorum, conscripta a Snozzio Sturld, edita opera Gerh. Schoning. *Havniæ*, 1777-1818, in-fol., 3 vol., cart.

> Rare.

1053. Beschreibung von Moscovia.... Description de la Moscovie, par Sigismond, bar. de Herberstein. *Vienne*, 1557, pet. in-fol., fig. sur bois, cart.

1054. Histoire de Russie, représentée par figures gravées par David, avec un discours par Blin de Sainmore. *Paris, Boiste*, 1797, in-4, pap. vél., 3 vol., vél. gr., tr. dor.

1055. Illustrations de la Russie, ou galerie des personnages les plus remarquables de cet empire, sous le règne de Pierre le Grand, trad. du russe. *Paris*, 1829, in-8, port., br.

1056. Voyages en Russie, en Tartarie et en Turquie, par E. D. Clarke, trad. de l'angl. *Paris*, 1813, in-8, cartes, 3 vol., bas.

6. *HISTOIRE D'ORIENT.*

1057. Abrégé chronologique de l'histoire ottomane, par de la Croix. *Paris*, 1768, in-8, 2 vol., dem.-rel.

1058. Mémoires du comte de Bonneval, Osman pacha. *Londres*, 1755, pet. in-8, 3 vol., br.

1059. Les navigations et voyages faits en Turquie, par Nicolas de Nicolay. *Anvers, Silvius*, 1576, in-4, vél.

> Avec 60 belles gravures sur bois, d'après des dessins du Titien. — Il manque la figure du Calender.

1060. Le navigationi et viaggi nella Turchia, di Nicolo de Nicolai. *Anversa*, 1577, pet. in-4, fig. sur bois, dem.-rel. (*Incompl. du 1er feuillet de la préface.*)

1061. Relation d'un voyage au Levant, par Jos. Pitton de Tournefort. *Amst.*, 1718, in-4, fig., 2 tom. en 1 vol., v.

1062. Voyage au Levant, par Corn. Le Bruyn. *Paris*, 1725, in-4, fig., 5 vol., v.

1063. Voyages de Corn. Le Bruyn au Levant, dans les principaux endroits de l'Asie-Mineure, l'Egypte, Syrie et Terre-Sainte etc., publ. par l'abbé Banier. *La Haye*, 1732, in-4, fig., 5 vol., dem.-rel.

Même édition que la précédente, avec les titres de La Haye, 1732.

1064. Voyage au Levant, par Corn. Lebrun. *Paris*, 1714, in-fol., fig., 2 vol., v. br.

1065. Voyages de Corn. Lebrun, par la Moscovie, en Perse et aux Indes orientales. *Amst.*, 1718, in-fol., fig., 2 vol., v. br.

1066. Voyages en Turquie, Perse et aux Indes, par J. B. Tavernier, *Suiv. la copie impr. à Paris.* (*Holl.*, *Elzev.*), 1679, pet. in-8, fig., 3 vol., v.

1067. Voyage de Dalmatie, de Grèce et du Levant, par Geo. Wheler. *La Haye*, 1723, in-12, fig., 2 vol., br.

1068. Voyage dans le Levant en 1817-18, par le comte de Forbin. *Paris, I. R.*, 1819, in-fol. max.

1069. Voyages en Orient, de 1821 à 1829. *Paris*, 1829, in-8, fig., 2 vol., br.

1070. Voyage de la Troade, fait dans les années 1785 et 1786, par J. B. Lechevalier, 3e édit. *Paris*, 1802, in-8, 3 vol., et atlas in-4, v. rac., dent.

1071. Histoire générale des royaumes de Chypre, de Jérusalem, d'Arménie et d'Egypte, etc. *Leide*, 1785, in-4, cart., 2 vol., br.

1072. J. M. Hasii descriptio geographico-historica regni Davidici et Salomonis, cum delineatione Syriæ et Ægypti. 1754, in-fol., cartes color., br.

1073. Hadr. Relandi Palæstina ex monumentis veteris illustrata. *Traj. ad Rh.*, 1714, in-4, fig., vél. cordé.

1074. Recueil de questions proposées à une société de savans, qui par ordre de S. M. Danoise, font le voyage de l'Arabie, par Michaélis. *Amsterdam*, 1774, in-4, br.

7. *HISTOIRE DE L'INDE, DE LA CHINE, ETC.*

1075. Recherches historiques sur l'Inde ancienne, par Robertson. *Paris*, 1821, in-8, dem.-rel. — Tableau pittoresque de l'Inde, par M. Buckingham. *Paris*, 1835, in-8, br.

1076. Description historique et géograph. de l'Inde, par le

P. Jos. Tieffenthaler, Anquetil du Perron, Jacq. Rennel et
J. Bernoulli. *Berlin*, 1786-88, gr. in-4, cartes et figures,
2 tom. en 3 vol., cart.

1077. Histoire générale de l'Inde ancienne et moderne, par
de Marlès. *Paris*, 1828, in-8, 6 vol., br.

1078. Histoire de Timur-Bec, connu sous le nom de Ta-
merlan, par Pétis de la Croix. *Delf*, 1723, in-12, fig. et
cartes, 4 vol., br.

1079. Monumens anciens et modernes de l'Hindoustan, dé-
crits par L. Langlès. *Paris, Didot aîné*, 1821, in-fol., fig.,
2 vol., cart.

1080. Asiatic researches of the society instituted in Bengal.
London, 1799-1803, in-4, cartes, tom. 1 à 7, dem.-rel.

1081. Collection des voyages aux Indes orientales, par Franç.
Valentyn, ministre à Amboine, *Amst.*, 1726, in-fol., 8
vol., dem.-rel., non rog. (*En hollandais*).

> Ouvrage orné de 950 belles figures, premières épreuves, avec le su-
> perbe portrait de l'auteur, par Houbraken, et ceux de tous les gouver-
> neurs des Indes.

1082. Vies des gouverneurs généraux, avec l'histoire abrégée
des établissemens hollandais aux Indes orientales, par Dubois. *La Haye*, 1763, in-4, dem.-rel., non rog.

1083. Tableau du royaume de Caboul et de ses dépen-
dances, etc., par Mountstuart Elphinstone, trad. par Breton.
Paris, Nepveu, 1817, in-18, fig. col., 3 vol., v. rac. dent.,
tr. dor.

1084. Histoire des progrès et de la chûte de l'empire de
Mysore, par Michaud. *Paris*, 1801, in-8, fig., 2 vol., bas.

1085. Nouvel atlas de la Chine, de la Tartarie chinoise et
du Thibet, etc., par d'Anville. *La Haye*, 1737, in-fol.
max., cart.

1086. Description de l'empire de la Chine et de la Tartarie
chinoise, par le P. Duhalde. *La Haye*, 1736-37, in-4, fig.,
4 vol., v. et atlas in-fol., de 42 cartes par d'Anville.

1087. Atlas général de la Chine, pour servir à la description
générale de cet empire, par l'abbé Grosier. *Paris*, 1785,
gr. in-fol., cart.

1088. De la Chine, ou description générale de cet empire, par
l'abbé Grosier. *Paris*, 1818, in-8, cartes, 7 vol., br.

1089. Mémoires concernant l'histoire, les sciences les arts,
les mœurs, etc., des Chinois. *Paris*, 1776-91, in-4, fig.,
15 vol., v. gr., fil.

1090. Les mêmes. In-4, 15 vol., dem.-rel.

1091. Nouveaux mémoires sur l'état présent de la Chine, par le P. L. Le Comte. *Amst.*, 1698, in-12, fig., 2 vol., bas.

1092. Ambassade de la compagnie orientale des Provinces-Unies vers l'empereur de la Chine, par J. Nieuhoff, mis en franç. par Jean Le Carpentier. *Leyde*, 1665, in-fol., fig., v.

1093. Voyages à Péking, Manille et l'Ile-de-France, de 1784 à 1781, par de Guignes. *Paris*, 1808, in-8, 3 vol. et atlas in-fol., dem.-rel.

1094. Remarques philosophiques sur les voyages en Chine, de mons. de Guignes, par Sinologus Berolinensis. *Berlin*, 1809, in-8, cart.

1095. Voyage de Siam, des Pères jésuites, *Amst.*, 1689. in-12, fig., 3 vol., v.

1096. Les nouvelles découvertes des Russes entre l'Asie et l'Amérique, avec l'hist. de la Sibérie et du commerce des Russes et des Chinois, trad. de l'angl. de Coxe (par De-Meunier). *Paris*, 1781, in-4, cartes et fig., cart.

8. HISTOIRE D'AFRIQUE ET D'AMÉRIQUE.

1097. Tableau hist. des découvertes et établissements des Européens dans le nord et dans l'ouest de l'Afrique, trad. par Cuny. *Paris*, 1809, in-8, 2 vol., br.

1098. Primo volume et terza edizione delle navigationi et viaggi racc. da G. B. Ramusio, nel quale si contengono la descrittione dell' Africa. *Venezia*, 1563, in-fol., fig., parch (*Mouillé.*)

1099. Voyage au Sénégal en 1785-86, par Durand, *Paris*, 1807. in-4, fig., 2 vol., dont atlas, br.

1100 Relation de la captivité et liberté du sieur Emanuel de Aranda, mené esclave à Alger. *Bruxelles, Mommart*, 1656, pet. in-12, port., parch.

1101. Voyage de Hornemann dans l'Afrique Septentrionale, trad. de l'angl. *Paris*, 1803, in-8, cart., 2 vol., v. rac., dent.

1102. Mémoires historiques et géographiques sur l'Egypte, par Et. Quatremère. *Paris*, 1811, in-8, 2 vol., br.

1103. Description historique et géographique des plaines d'Héliopolis et de Memphis (par Fourmont). *Paris*, 1755, pet. in-12, fig., v.

1104. Voyage en Égypte et en Syrie, par Volney. *Paris*, 1822, in-8, 2 vol., br.

1105. Atlas géographique, statistique, historique et chronologique des deux Amériques et des îles adjacentes, par Buchon. *Paris*, 1825, gr. in-fol., dem.-v., n. rog.

1106. Histoire de l'Amérique, par W. Robertson, traduit de l'angl. par Suard et Morellet, nouv. édit. *Paris*, 1818, in-8, cart., v. j., dent.

1107. Voyage curieux du P. Hennepin et de la Borde en Amérique. *Leide*, 1704, pet. in-8, fig. et cartes, d.-rel.

1108. Voyage du P. Labat aux isles de l'Amérique. *La Haye*, 1724, in-12, fig., 6 vol., br.

1109. Mœurs des sauvages amériquains, comparées aux mœurs des premiers temps, par le P. Lafiteau. *Paris*, 1724, in-4, fig., 2 tom. en 1 vol., v. br.

1110. Histoire des découvertes et des conquêtes des Portugais dans le Nouveau-Monde, par Lafiteau. *Paris*, 1734, in-12. fig., 1 vol., v.

1111. Voyage de M. Carver dans l'intérieur de l'Amérique septentrionale. *Yverdon*, 1784, pet. in-8, br.

1112. Histoire du Nouveau-Monde, ou description des Indes occidentales, par Jean de Laet. *Leyde, Elz.*, 1640, in-fol., fig., v.

1113. Correspondance de Fernand Cortès avec l'empereur Charles-Quint sur la conquête du Mexique, trad. par le comte de Flavigny. *Francf.*, 1779, in-8, v.

1114. Histoire de la découverte et conquête du Pérou , trad. de Zarate. *Amst.*, 1717, in-12, fig , 2 vol., br.

1115. Voyage historique de l'Amérique méridionale, fait par ordre du roi d'Espagne, par don Geo. Juan, et don Ant. de Ulloa. *Amst.*, 1752, in-4, 2 vol., vél. cordé.

17 belles cartes et figures, par Bern. Picart et Punt.

1116. Voyages dans l'Amérique méridionale par don Félix de Azara, publ. par C. A. Walckenaer, avec les notes de G. Cuvier. *Paris*, 1809, in-8, 4 vol. et atlas in-4 de 25 pl., dem.-rel.

1117. Essai politique sur le royaume de la nouvelle Espagne, par Al. de Humboldt. *Paris*, 1811, in-8, 5 vol., br.

1118. Voyage des capit. Lewis et Clarke, depuis l'embouchure du Missouri , jusqu'à l'entrée de la Colombia dans

l'Océan pacifique, trad. de l'angl. par Lallemant. *Paris,*
1810, in-8, cart., n. rog.

1119. Voyage à la partie orientale de la Terre-Ferme, dans
l'Amérique méridionale, fait pendant les années 1801-
1804, par F. Depons. *Paris,* 1806, gr. in-8, cart., 3 vol.,
dem.-mar. r., n. rog.

G. BIOGRAPHIE.

1120. Les vies des hommes illustres, de Plutarque, trad. par
J. Amyot. *Paris, Vascosan,* 1558, fort vol. in-fol., mar. br.

> Bel exemplaire de Henri II, orné de riches compartiments en mo-
> saïque, parmi lesquels on remarque le chiffre de Diane de Poitiers.
> Quelques feuillets de la marge inférieure, vers la fin, sont piqués.

1121. Nouveau dictionnaire historique, par Chaufepié. *Amst.,*
1750, in-fol., 4 vol., v. br.

> Exemplaire de la Malmaison.

1122. Dictionnaire historique, ou mémoires critiques et lit-
téraires, par Prosp. Marchand. *La Haye,* 1758, in-fol., 2
tom. en 1 vol., v. m.

1123. L'Europe illustre, par Dreux du Radier. *Paris,* 1777,
gr. in-4, port. d'Odieuvre, 6 vol., v. rac.

1124. Vie de Grosley, écrite par lui-même et publiée par
l'abbé Maydieu. *Paris,* 1787, in-8, br.

1125. Procès de Joseph Balsamo, comte de Cagliostro, avec
des éclaircissements sur la vie et les sectes des francs-maçons. *Liége,* 1791, in-12, br.

1126. Notice biographique sur Roland Delattre, connu sous
le nom d'Orland de Lassus, par H. Delmotte. *Valenc.,* 1836,
in-8, dem.-v.

H. HISTOIRE DE LA NOBLESSE. — BLASONS. — GÉNÉALOGIES.

1127. Mémoires sur l'ancienne chevalerie, par de la Curne
de Sainte-Palaye. *Paris,* 1756, in-12, 2 vol., br.

1128. Les mêmes, avec une introduction et des notes, par
Ch. Nodier. *Paris,* 1826, in-8, fig. col., 2 vol., dem.-v.

1129. Dictionnaire héraldique, contenant tout le blason, suivi
des ordres de chevalerie (par Gastelier de la Tour). *Paris,*
1776, pet. in-8, fig., br.

1130. Le roy d'armes, ou l'art de bien former, charger,

briser, timbrer, parer, expliquer et blasonner les armoiries, par le P. Gilbert de Varennes, 2ᵉ édit., *Paris*, 1640,
in-fol., blasons, v.

1131. La science héroïque, par Marc de Wlson, sieur de la
Colombière, seconde édit. *Paris*, 1669, in-fol., fig., v. m.
> Quelques planches sont coloriées, et celle de la page 451 est rac-
> commodée.

1132. L'état et comportement des armes, par Jean Scohier.
Bruxelles, 1629, in-4, blasons, vél.

1133. Wappenbuch... Nouvel armorial allemand. *Nuremb.*,
1657, in-4, obl., 5 vol., vél.
> 1103 planches contenant des milliers d'armoiries.

1134. Le jardin d'armoiries contenant les armes des royaumes et maisons de Germanie inférieure. *Gand*, 1567, pet.
in-8, fig., cart. (*Mouillé.*)

1135. La connaissance des pavillons ou bannières que les
nations arborent en mer. *La Haye*, 1737, in-4, br. en
cart.
> Avec 96 planches représentant près de 200 pavillons.

1136. Les souverains du monde, ouvrage qui fait connaître
la généalogie de leurs maisons, etc. *La Haye*, 1722, pet.
in-8, blasons, 4 vol., br.

1137. Armorial général de la France, par d'Hozier. *Paris*,
I. R., 1821-23, in-4, blasons, 2 vol., br.

1138. Les prévots des marchands, échevins, procureurs du
roy, greffiers et receveurs de la ville de Paris jusqu'en
1701
> Recueil de blasons coloriés formant un vol. in-fol. de 71 feuillets.

1139. Les marques d'honneur de la maison de Tassis (par
J. Chifflet). *Anvers, Plantin*, 1645, gr. in-fol., fig. et port.
par Galle, v.

1140. La véritable origine de la très-ancienne et très-illustre
maison de Sohier (par J. C. D. D.). *Leyde, F. Hacke*, 1661,
gr. in-fol., fig. et port., v. br., fil. (*Aux armes de Sohier.*)

1141. Historia ordinis equitum Teutonicorum hospitalis S.
Mariæ V. Hierosolymitani. *Viennæ*, 1727, in-fol., fig., br.

1142. Les statuts de l'ordre du Saint-Esprit étably par Henri
III. *Paris, I. R.*, 1740, in-4, vignettes de S. Leclerc, mar.
r., dent, tr. dor. (*Aux armes.*)

1143. Mémoires historiques concernant l'ordre royal et mili-

taire du Saint-Esprit et l'institution du Mérite militaire
(par Meslin). *Paris, I. R.*, 1785, in-4, v. m., fil.

1144. Prospectus de l'histoire de l'ordre de la Toison-d'Or
(lat. et fr.), par le chev. de Bors d'Overen. *Bruxelles*, 1768,
gr. in-fol., armoir. (10 p.)

1145. Historischer Bericht vondem Marianisch Deutschen
Ritter-Orden, durch Joh. Gasp. Venatorn. *Nurnberg*, 1680,
in-4, blasons, vél.

POLYGRAPHIE.

I. GÉNÉRALITÉS. — MÉLANGES.

1146. Plutarchi quæ exstant omnia, cum lat. interpret. Herm.
Cruserii et Xylandri. *Francof.*, 1599, in-fol., 2 vol., v.

1147. Trois ouvrages de Xénophon. *Amst.*, 1745, in-12,
fig., 2 vol., br.

1148. Ciceronis opera. *Lugd.-Bat., Elzev.*, 1642, pet. in-12,
10 vol., dem.-mar.

1149. Ciceronis opera. *Amst., Blaeu, (typ. Elzev.)*, 1659, pet.
in-12, 6 vol., parch.

1150. Ciceronis opera, ed. Jos. Olivetus. *Genevæ*, 1758,
in-4, 9 vol., v. f., fil., tr. dor.

1151. Jos. Harduini opera selecta. *Amst.*, 1703, fol., v.

1152. Marci Velseri opera, in quibus historia boica, res
augustanæ, conversio et passio SS. martyrum Afræ, Hila-
riæ, Dignæ, Eunomiæ, Eutropiæ, Vitæ S. Udalrici et S Se-
verini... Tabulæ Peutingerianæ integræ, P. Optatiani Por-
phyrii Panegyricus, et c., continentur, accurante Chr. Ar-
noldo. *Norimb.*, 1682, in-fol., cartes., v.

1153. Dom. Baudii Epistolæ, orationes et libellus de Fœ-
nore. *Amst., Elzev.*, 1662, pet. in-12, vél.

1154. OEuvres de Scarron. *Amst., Wetstein*, 1752, pet.
in-12, fig., 7 vol., dem.-rel.

1155. OEuvres diverses de Fontenelle, édit. enrichie des belles
figures et vignettes de Bern. Picard, texte encadré. *La Haye,
Gosse*, 1728, in-fol., 3 vol., v. br.

1156. OEuvres mêlées de Saint-Evremont. *Londres*, 1705,
gr. in-4, v., portr. et vig. 3 vol.

1157. OEuvres de l'abbé de Saint-Réal. *Amst.*, 1740, in-12,
6 tom. en 3 vol., cart., n. rog.

Belle édition ornée de gravures et des jolies vignettes de B. Picart.

1158. OEuvres du P. Rapin. *La Haye,* 1725, in-12, 3 vol., dem.-rel.

1159. OEuvres de L. Racine, ornées de son portrait par Tanjé. *Amst., Marc-Michel Rey,* 1750, in-12, 6 vol., br.

1160. Les mêmes. *Paris, Lenormant,* 1808, in-8, 6 vol., br.

1161. OEuvres en vers et en prose de Desforges-Maillard. *Amst.,* 1759, in-12, 2 vol., dem.-rel. — Opuscules de M. Louis Dufour de Longuerue. *Yverdon,* 1784, in-12, 2 vol., br.

1162. OEuvres de M. de Pauw. *Paris,* an iii, in-8, 7 vol., n. rog.

1163. OEuvres de Boulanger. *Paris,* 1792, in-8, 8 vol., v. cart., porph.

1164. OEuvres de l'abbé Millot. *Paris,* 1819, in-8, 12 vol., bas.

1165. OEuvres de d'Alembert. *Paris, F. Bastien,* 1805, in-8, 18 vol., dem.-rel.

1166. OEuvres de Duclos. *Paris,* 1806, in-8, 10 vol., v., fil.

1167. Table des OEuvres de Voltaire. *Paris, Renouard,* 1825, in-8, 2 vol., br.

1168. OEuvres de Salomon Gessner, trad. de l'allem. *Zurich,* 1777, in-4, 2 tom. en 1 vol., v. m., fil.

   Édition ornée de 20 belles figures, culs de lampe et vignettes.

1169. Lettres d'Héloïse et d'Abailard. *Paris, Didot jeune,* 1796, in-4, pap. vél., fig. de Moreau le jeune, 3 vol., cart.

1170. Hug. Grotii Epistolæ ad Gallos. *Lugd.-Bat., Elzev.,* 1648, pet. in-12, vél.

1171. Gab. Naudæi Epistolæ. *Generæ,* 1667, pet. in-12, v.

1172. Lettres choisies du Sr de Balzac *Leiden, Elzev.,* 1652, pet. in-12, vél.

1173. Le Secrétaire à la mode, par le Sr de la Serre, avec un recueil des lettres morales des plus beaux esprits de ce temps et des compliments en langue françoise. *Amst., L. et D. Elzev.,* 1662, pet. in-12, vél.

1174. Lettres de Mlle de Lespinasse, écrites depuis l'année 1773 jusqu'à l'année 1779. *Paris,* 1809, in-8, 2 vol., dem.-rel.

1175. Mélanges extraits des manuscrits de Mme Necker. *Pa-*

ris, 1798, in-8, 2 vol., dem.-rel. — Nouveaux mélanges...
Paris, 1801, in-8, 3 vol., bas.

1176. Præclara dicta philosophorum, imperatorum et poëtarum, ab Arsenio archiep. collecta, græcè *Romæ, s. a.* pet. in-8, obl., v.

1178. Loci communes sacri et profani Joa. Stobæi, gr. et lat. *Francof.*, 1581. in-fol., peau de truie.

1179. Pensées de Christine, reine de Suède. *Paris, Renouard*, 1825, in-12, pap. vél., portr., cart.

II. RECUEILS. — ENCYCLOPÉDIE. — JOURNAUX.

1180. De la collection des Deux-Ponts, 1782-1806, 49 vol. in-8. rel. ; savoir : L. Ann. Senecæ opera, 4 vol. — Lactantius, 2 vol. — Corn. Celsus, 2 vol. — M. Fab. Quintilianus, 4 vol. — Phædrus, 1 vol. — Persius et Juvenalis, 1 vol. — M. Val. Martialis, 2 vol. — M. Ann. Lucanus, 1 vol. — Val. Flaccus, 1 vol. — L. Ann. Senecæ Tragœdiæ, 1 vol. — Plautus, 3 vol. — Justinus, 1 vol. — Q. Curtius, 2 vol. — Sallustius, 1 vol. — Tacitus, 4 vol. — — Silius Italicus, 1 vol. — Corn. Nepos, 1 vol. — Ciceronis opera, 13 vol. — Plinii epistolæ, 2 vol. — Val. Maximus, 2 vol.

1181. Der Keiser (Carolus V) Bildnussen und Leben. *Francf.*, *Ch. Egenolff, s. a.*. portr. == Romischer und hispanischer Kunigklicher maiestat Einreytten und Kronning zum Achbeschehen. *S. l. n. a.*, figure. == Won der Wunderbarlichen Iunsel utopia genant... durch Th. Morum. *Basel*, 1524, fig., in-4, cart.

1182. Entretiens sur les affaires du temps. *Strasb.*, 1674. — L'infraction.... du siége de Charleroy, *Villefranche*, 1672. — Journal du siége de Mons. *Lille*, 1691. — Miroir historique de la Ligue. *Col.*. 1694. — Relation de la campagne de Flandre et du siége de Namur. 1695. — Lettre sur l'armée française en Westphalie. 1758, pet. in-12, 6 vol.

1183. H. Ranzovii Commentarius bellicus, libris sex distinctus. *Francof.*, 1595. == Er. Puteani hispaniarum vindiciæ tutelares. *Lovenii, è typ. Rivii*, 1608. == Laur. Pignorii characteres ægyptii, cum fig. frat. Debry. *Francof.*, 1608, in-4, parch.

1184. Apotheosis vel consecratio Homeri, sive lapis antiquissimus in quo poëtarum principis Homeri consecratio sculpta est, a Gerb. Cupero. *Amst.*, 1683. == Gallia orientalis sive gallorum qui linguam hebræam vel alias orientales excoluerunt vitæ, auct. P. Colomesio. *Hagæ-Com.*, 1665, in-4, v.

—

1185. Encyclopédie, (publ. par Diderot et d'Alembert), avec le supplément. *Neufchâtel*, 1765, in-fol., fig., 35 vol., v. m.
1186. Musée de la jeunesse ou tableaux historiques des sciences et des arts, par Grasset S.-Sauveur. *Paris*, 1812, in-4, fig. color., bas.
1187. Journal historique et littéraire, publ. par l'abbé de Feller. *Luxembourg* et *Liége*, 1774-1794, pet. in-8, 61 vol., cart.

> Ce journal, que l'on trouve rarement complet, fait suite à la Clef du cabinet.

LIVRES EN LANGUE RUSSE.

1188. Commentaire sur le livre de la Genèse, par Mgr Philarète, métropol. actuel de Moscou. *St.-Pétersb.*, 1829, in-8, dem.-rel.
1189. Triomphe de l'Evangile, trad. du français. *St-Pétersb.*, 1821, in-8, 4 vol., dem.-rel.
1190. Livre des canons des saints Apôtres, des Conciles, etc., en gr. et en russe. *St-Pétersb.*, 1839, in-fol., dem.-rel.
1191. Confession orthodoxe, par Pierre Moguila, métrop. de Kieff. *St-Pétersb.*, s. d., in-8, dem.-rel.
1192. Monument des chrétiens où sont indiquées les fêtes, etc. *Moscou*, 1840, in-8, dem.-rel.
1193. Récit véridique concernant le Saint-Siége de Rome et ceux des autres patriarches (par M. Mouravieff). *St-Pétersb.*, 1841, in-8, dem.-rel.
1194. Histoire de l'Eglise russe (par Mouravieff). *St-Pétersb.*, 1840, in-8, bas.
1195. De la philosophie chinoise. *St-Pétersb.*, 1794, in-8, br.
1196. Anthropologie de Schulze, trad. de l'allem. par Sidonsky. *St-Pétersb.*, 1834, in-8, 2 vol., br.
1197. Grammaire pratique, par M. Gretsch. *St-Pétersb.*, 1827, in-8, dem.-rel.
1198. Sur le style ancien et moderne, par Chichkoff (présid. de l'Acad. russe). 1813, in-8, cart.
1199. Collection des compositions et traductions utiles et agréables, édition mensuelle. *St-Pétersb.*, 1755-1764, in-8, 30 vol., bas.

1200. Contes et narrations, de M. Nestor Koucolnix. St-Pétersb., 1843, in-8, 2 vol.; br.

1201. Chansons du peuple russe. St-Pétersb., s. d., in-16, 5 vol., dem.-rel.

1202. Poésies de Pouchkine. 1829, in-8, 2 vol., dem.-rel.

1203. OEuvres de Lomonossoff. St-Pétersb., 1794, in-4, port. de l'aut., 3 vol., bas.

1204. Jérusalem délivrée du Tasse, trad. en russe, par Moscotilnicoff. Moscou, 1829, in-8, 2 vol., bas.

1205. Chrestomathie slave, par Peninsky. St-Pétersb., 1828, in-8, dem.-rel.

1206. Histoire de la littérature ancienne et moderne, par Schlegel. St-Pétersb., 1830, in-8, 2 vol., br.

1207. Géographie du monde connu aux anciens. St-Pétersb., 1828, in-8, avec atlas, dem.-rel.

1208. Théâtre du monde. Moscou, 1823, in-8, fig., 4 vol., dem.-rel.

1209. Carte murale de l'Europe, sur toile. St-Pétersb., 1827.

1210. Atlas de l'empire russe, en 64 feuilles obl. St-Pétersb., 1825, in-fol.

1211. Carte murale de la Russie, montée sur toile. St-Pétersb., 1845.

1212. Chronique russe depuis 1206 jusqu'à 1534. Moscou, 1784, in-8, bas.

1213. Chronique de Novgorod (1017-1352). Moscou, 1819, in-8, bas.

1214. Histoire de la Russie, par Oustrialoff, de l'Académie impériale. St-Pétersb., 1839, pet. in-8, cart., 5 vol., bas.

1215. Histoire de Pierre le Grand, par Bergmann. St-Pétersb., 1833, gr. in-8, 6 vol., bas.

1216. Cérémonie du sacre. Moscou, 1826, in-8, br.

1217. OEuvres de Mgr Fikhon, évêque de Voronège. Moscou, 1836, in-8, 8 vol., dem.-rel.

1218. Télégraphe de Moscou, journal publié par M. Polevoï. Moscou, 1826-27, in-8, 48 nᵒˢ, br.

BEAUX-ARTS.

Ire SÉRIE.

I. TRAITÉS GÉNÉRAUX ET THÉORIQUES.—VIES DES PEINTRES.

1219. Histoire universelle, traitée relativement aux arts de peindre et de sculpter, par Dandré Bardon. *Paris*, 1769, in-12, 3 vol., br.

1220. Voyage d'Italie, ou recueil de notes sur les ouvrages de peinture et de sculpture qu'on voit dans les principales villes d'Italie, par Cochin. *Paris*, 1758, 3 tom. en 1 vol., in-12, bas.

1221. Della architettura, della pittura e della statua di L. B. Alberti, trad. di Cos. Bartoli. *Bologna*, 1782, in-fol., fig., br.

1222. Lettres familières de Winckelmann, avec les œuvres du chevalier Mengs. *Yverdon*, 1784, in-12, 3 vol., br.

1223. Élémens de perspective pratique, par Valenciennes. *Paris*, an VIII, in-4, 36 pl., dem.-rel.

1224. Nouveau traité élémentaire de perspective à l'usage des artistes, par J. B. Cloquet. *Paris, Bachelier*, 1823, 1 vol. et atlas in-4, br.

1225. L'idée du peintre parfait. *Amst.*, 1736, pet. in-8, br.

1226. Traité de peinture, suivi d'un essai sur la sculpture, par Dandré Bardon. *Paris*, 1765, in-12, 2 tom. en 1 vol., dem.-rel., n. rog.

1227. Alb. Dureri de symetria partium in rectis formis humanorum corporum librio in latinum conversi. *Nuremb.*, in ædib. vid. Durerianæ, 1532. == Ejusd. de varietate figurarum et flexuris partium ac gestib. imaginum lib. II. *Ib.*, 1534, in-fol., goth., 2 part. en 1 vol., cart.

> Exemplaire bien conservé, avec un grand nombre de belles figures sur bois.

1228. Het groot Schilderboeck, door Gerard de Lairesse. *Amst., W. de Coup.* 1707, in-4, 2 tom. en 1 vol., v. br.

> Édition originale du Grand livre des peintres de Gérard de Lairesse. —Les figures sont de premières épreuves.

1229. Rittratti di alcuni celebri pittori del secolo XVII, disegnati ed intagliati dal cav. Ott. Lioni. *Roma*, 1731, in-4, port. et fig., br.

1230. Vita inedita di Raffaello da Urbino, illust. con note da Aug. Comolli. *Roma*, 1790, in-4, br.

1231. Les peintres brugeois, par Alf. Michiels. *Paris*, 1847, in-18, br.

1232. Catalogue des tableaux de la galerie impériale et royale de Vienne, par Chr. de Méchel. *Basle*, 1781, gr. in-8, v.

1233. La galerie électorale de Dusseldorff, ou catalogue raisonné de ses tableaux, par Nicolas de Pigage. *Bruxelles*, 1781, pet. in-8, br.

1234. Catalogue d'une collection de dessins, estampes, etc. (rec. par M. de Busscher). *Paris*, 1804, in-8, cart.

Prix et noms des acquéreurs.

1235. Manière de graver à l'eau forte et au burin, et de la gravure en manière noire, par M. Bosse. *Paris*, 1745, in-8, 19 pl., v. m.

1236. Dictionnaire des monogrammes, marques figurées, lettres initiales, noms abregés, etc., avec lesquels les peintres, dessinateurs, graveurs et sculpteurs ont désigné leurs noms, par Fr. Brulliot. *Munich*, 1833, in-4, 3 vol., br.

1337. Monogrammen lexicon, von D' J. C. Stelwag. *Francf.*, 1830, in-8, br.

II. PEINTURE. — GRAVURE.

Galeries. — Recueils. — Livres à figures.

1238. Galeria nel Palazzo Farnese in Roma dipinta da Ann. Caracci intagliata da Carlo Cesio. *Roma*, s. a., in-fol., fig., parch.

1239. Galerie du Palais-Royal, gravée d'après les tableaux qui la composent, par Couché. *Paris*, 1780, in-fol., fig., livr. 1 à 32. (*Il manque la 28ᵉ liv.*)

1240. Dix livraisons diverses du Musée, publ. par Laurent et Robillard.

1241. Le cabinet des beaux-arts, ou recueil des plus belles estampes gravées d'après les tableaux originaux où les beaux-arts sont représentés, par Perrault. *Paris, Edelinck*, 1695, in-fol., obl.

1242. Sacræ historiæ acta a Raphaele Urbino expressa, Nicol. Chapron, gallus, a se delineata et incisa. *Romæ*, 1649, in-fol. obl., de 36 pl., cart.

1243. Nouveau-Testament faict par Jacq. Callot, qui n'a
sceu finir le reste prévenu de la mort l'année 1635. Pet.
in-8, obl.

> Figures 1 à 8.

1244. Signa cœlestia. In fol., parch.

> 43 figures représentant les constellations célestes sous leurs diverses
> formes.

1245. Iconologie par figures, ou Traité complet des allégories, emblèmes, etc., publ. par Gravelot et Cochin. *Paris*,
1789, gr. in-8, fig., 4 vol., v. porph., dent.

1246. Cæs. Ripæ historiæ et allegoriæ, projectæ et designatæ
à Gottorf. Eichler jun., editæ à Joh. Georg. Hirtel (lat. et
germ.). *Aug.-Vind.*, *s. a.*, in-4, 160 fig., 8 part. en 1
vol., dem.-rel.

1247. Pinax iconicus antiquorum et variorum in sepulturis
rituum ex Lilio Gregorio (Gyraldo Cynthio) excerpta (a
Clem. Baldino) picturisque juxta Hypographa exacta arte
elaboratis effigiata... (auct. Petro Wœiriot). *Lugd.*, *Cl.*
Baldinus, 1556, pet. in-4, fig., v.

> Rare petit volume, dont les figures, au nombre de 12, y compris
> le portrait de Wœiriot et le titre sont remarquables par la finesse du
> burin. (Voir le détail qu'en donne M. Brunet, tome IV, p. 725.)

1248. Le temple des Muses, avec les figures de Bern. Picart.
Amst., *Chatelain*, 1733, gr. in-fol., v. br. (*En holland.*)

1248. *bis.* Le même, en français. *Amst.*, 1733, gr. in-fol.,
v. br.

> Ces deux exemplaires sont de premières épreuves.

1249. Les métamorphoses d'Ovide (en CXLI planches), grav.
d'après les dessins des meilleurs peintres français, par les
soins de Le Mire et Basan. *Paris*, 1767-70, in-4, v. éc.,
fil., tr. dor.

> Belles épreuves.

1250. Les aventures de Télémaque, gravées d'après les dessins de Charles Monnet, par J. B. Tilliard. *Paris*, *l'auteur*,
1773, gr. in-4, dem.-rel., n. rog.

> Ce volume contient 96 planches, dont 24 de texte gravé (sommaires),
> avec encadrements et vignettes, et 72 figures.

1251. La danse des Morts. In-fol., br.
> 50 figures allemandes dessinées et gravées par Reulz.

1252. Suite de 50 figures, publ. en Allemagne, et dessinées

et gravées par Gab. Bodenehr, pour les *Songes drolatiques
de Rabelais*. In-fol , cart.

> Chaque figure contient un encadrement varié approprié au sujet. On trouve à la suite de ce recueil 7 pièces, dont 5 gravées par Firens, pour la suite appelée les Masques de de Gheyn.

1253. Recueil de 132 sujets composés et gravés par Frago-
nard fils. *Paris, l'auteur, s. d.* In-fol., 8 livr.

1254. Devises pour les tapisseries du roy, où sont représentées les quatre élémens et les quatre saisons de l'année,
peintes par J. Bailly et gravées par S. Le Clerc. *Paris,*
1668, gr. in-fol., v. br. (*Mouillé.*)

> Belles épreuves.

1255. Devises pour les tapisseries du roi de France, où sont
représentées les quatre saisons, en 20 jolies figures allem.,
avec la description en français et en allemand. In-fol.,
cart.

1256. L'Académie de l'épée, par Gir. Thibault d'Anvers, où
se démontrent par règles mathématiques sur le fondement
d'un cercle mystérieux, la théorie et pratique des vraies et
jusqu'à présent incognus secrets du maniement des armes
à pied et à cheval. *Anvers, Thibault*, 1628, in-fol. max.,
dem.-rel., n. rog.

> Avec 60 belles et curieuses figures gravées par A. Bolswert, Crisp. de Pas, etc.

1257. Maniement d'armes, d'arquebuses, mousquets et pi-
ques, représenté par figures, par Jacq. de Gheyn. *Francf.,*
s. l. M., W. Hoffmann, 1609, pet. in-4, 3 part. en 1 vol.,
v. (*En allem. et en franç.*)

> Environ 120 jolies figures sur bois La première partie est incom-
> plète de 8 figures.

1258. Klare onderrichtinge... L'académie de l'art admirable
de la lutte, représentée en 71 pl., par le célèbre Romain
De Hooghe. *Amst.*, 1674, in-4, vél.

> Édition originale et rare, avec les premières épreures à l'eau-forte.

1259. Marine militaire, ou recueil des différents vaisseaux
qui servent à la guerre, par Ozanne. *Paris, s. d.*, in-4, 50
pl., bas.

1260. Histoire de la guerre des Bataves et des Romains,
d'après César, Tacite, etc., avec les 36 planches d'Otto
Vœnius, gravées par Tempesta et des cartes enluminées,

rédigés par le marquis de Saint-Simon. *Amst.*, 1770, in-fol., dem.-rel.

1261. Colonna Trajana..., disegnata et intagliata da P. Santi Bartoli. In-fol. obl., fig., v.

1262. Columna Trajana, exhibens historiam utriusqui belli Dacici a Trajano gesti, ab Andr. Morellio delineata et in ære incisa, nova descriptione et observ. illustrata cura et studio Ant. Fr. Gorii. *Amst.*, 1752, gr. in-fol., 14 fig., dem.-rel.

1263. Calcografia della colonna Antonina divisa in Cl. tavole. *Roma*, 1779, in-fol., fig., cart.

1264. Choix de costumes civils et militaires des peuples de l'antiquité, leurs instruments de musique, leurs meubles, etc., par Willemin. 1798, in-fol., fig., 2 vol., dem.-mar. r., n. rog.

1265. Diversarum nationum ornatus, cum suis iconibus, studio Alex. Fabri. *Padora*, 1593, in-8, fig., 3 part. en 1 vol., v. (*Piqures et quelques figures déchirées.*)

Ce recueil rare contient 251 figures.

1266. Recherches sur les costumes et sur les théâtres de toutes les nations, tant anciennes que modernes (par Levacher de Charmoy). *Paris*, 1790, in-4, fig. color., bas.

1267. Fortitudo Leonina in utraque fortuna Maximiliani Emmanuelis... Sup. Palat. Ducis, Comitis Palat. Rheni, etc., secundum heroica majorum suorum exempla, Herculiis laboribus (fig. 80 æneis) representata post feliciss. suum in Patriam reditum..., per Societatum Jesu Provinciæ Germaniæ Superioris. *Monachii*, 1715, in-fol. max., pap. fort, dem.-rel., v.

1268. L'Entrée de l'empereur Sigismond à Mantoue, gravée en 25 feuilles d'après une longue frise exécutée en stuc dans le palais du T. de la même ville, sur un dessin de Jules Romain, par Antoinette Bouzonnet Stella. *Paris, Joubert, s. d.*, gr. in-fol., dem.-rel.

1269. Description des cérémonies et des fêtes qui ont eu lieu pour le couronnement de Napoléon et de Joséphine. *Paris, Leblanc*, 1807, in-fol. max., fig., cart.

1270. Description des cérémonies et des fêtes qui ont eu lieu pour le mariage de Napoléon et de Marie-Louise, par Ch. Percier et Fontaine. *Paris, Didot a.*, 1810, in-fol. max., fig., cart.

1271. Iconographie grecque, par Visconti. *Paris, Didot a.* 1808, in-fol. max., pap. vél., 3 vol., dem.-rel.

1272. Icones imperatorum rom. regum, et ducum quorumdam ex antiquiss. familia Boiariæ oriundorum, ad typum antiquæ picturæ fideliter expressæ ærique insculptæ a Joh. Georgio Norib. 1627, in-fol., dem.-v. f.
>60 belles planches.

1273. Genealogia serenissim. Boiariæ Ducum. *Aug.-Vind.,* 1595, pet. in-fol., dem.-v. f.
>0 très-jolis portraits gravés par Wolff. Kilian.

1274. Francisci Tertii. Berg., pict., Austriacæ gentis imagines. Gaspar Patavinus, incisor. Œnipontii, 1573, in-fol., parch.
>Suite fort rare de 57 figures gravées en taille douce.

1275. Les hommes illustres qui ont paru en France pendant ce siècle, avec leurs portraits, par Perrault. *Paris,* 1696, in-fol., 2 part. en 1 vol., bas. (*Piqures.*)

III. SCULPTURE.

1276. Recueil des statues, groupes, fontaines, termes, vases, etc., du château et parc de Versailles, par Thomassin, graveur du Roi. *La Haye,* 1724, in-4, fig., v.
>Avec les explications en français, latin, italien et hollandais.

1277. Labyrinthe de Versailles, représenté en 39 belles gravures gravées par Visscher, avec l'explication en franç., en angl., en allemand et en hollandais. *Amst., Visscher, s. d.,* pet. in-4, br.

1278. Description de la grotte de Versailles (par Félibien). *Paris, I. R.,* 1676, in-fol. max., dem.-rel.
>Avec les belles gravures de B. Picard, Edelinck et Le Pautre.

1279. Description et explication des groupes. statues, bustes, etc., qui forment la collection de S. M. le Roi de Prusse, par Oesterreich. *Berlin,* 1774, in-8, br.

IV. ARCHITECTURE.

1280. Du génie de l'architecture, par Coussin. *Paris,* 1822, in-4, fig., cart.

1281. Traité de la coupe des pierres, par J. B. de La Rue. *Paris, I R.,* 1728, in-fol., fig., v. br.

1282. La théorie et la pratique de la coupe des pierres, par Frezier. *Paris,* 1737, in-4, fig., 3 vol., v.

1283. Les dix livres de l'architecture de Vitruve, trad. par Perrault. *Paris*, 1684, in-fol., fig., v.

1284. Les quatre livres de l'architecture d'André Palladio, mis en françois. *Paris, E. Martin*, 1650, in-fol., fig., vél.

1285. L'architecture et art de bien bastir, trad. du latin, par Jan Martin. *Paris, J. Kerver*, 1553, in-fol , fig., v. (*Mouil.*)

1286. Livre d'architecture de Jaques Androuet, Du Cerceau, auquel sont contenues diverses ordonnances de plants et élévations de bastimens pour seigneurs, gentilhommes ou autres qui voudront bastir aus champs , etc. *Paris, J. Androuet, Du Cerceau*, 1572, in-fol., fig.

1287. Livre d'architecture de Jaques Androuet Du Cerceau, contenant les plans et dessaings de cinquante bastimens. *Paris, J. Barjon*, 1611, gr. in-fol., fig.

1288. De Du Cerceau :

1° Præcipua aliquot romanæ antiquitatis ruinarum monumenta, vivis prospectibus ad veri imitationem affabre designata. In-fol., 15 planches y compris le titre.

2° 9 planches représentant les ordres corinthien, ionique et dorique.

3° Les Thermes. 12 planches.

4° Dessins de serrurerie, clefs, cachets, poignées, ornemens, etc., 20 planches.

5° Mosaïques, 25 planches.

6° Vues perspectives de divers bâtimens. *Aureliæ*, 1551. 23 planches y compris le titre.

Cet article sera divisé. (Voir le n° 1372.)

Ces diverses parties de l'œuvre de Du Cerceau, ainsi que les deux numéros précédents, sont fort bien conservés.

1289. L'architecture des voutes, par le P. Fr. Derand. *Paris*, 1643, gr. in-fol., fig., v. br.

1290. Cours d'architecture, par Blondel, 1re partie. *Paris*, 1675, in-fol., fig., v.

1291. The designs of Inigo Jones, consisting of plans and elevations for public and private buildings, published by Will. Kent. *London*, 1770, in-fol.-max. 2 tom. en 1 vol., 137 planches, dem.-rel., non rog. (*Angl. et franç.*)

1292. Description des écoles de chirurgie, par Gondoin, architecte. *Paris*, 1780, gr. in-fol., dem.-rel.

1293. C. L. Stieglitz, Plans et dessins tirés de la belle archi-

lecture ou représentations d'édifices exécutés, ou projetés en
115 planches, avec les explications nécessaires. *Londres*,
1801, gr. in-fol., cart.

> Avec la préface.

1294. Projets d'architecture pour les embellissemens de Paris
et de S.-Pétersbourg, par A. Carême. *Paris*, 1821, in-fol.,
fig., br.

1295. Chronol. and histor. illustrations of the ancient architecture of Great Britain, by J. Britton. *London*, 1820, in-4,
cart.

> Tome I, part. 1re, conten. 41 planches d'archit. religieuse.

1296. Ruins of Athens, with remains and other valuable an-
tiquities in Greece. *London*, 1759, gr. in-fol., fig., cart.

1297. Les ruines de Pæstum ou Posidonia, ancienne ville de
la Grande Grèce, par de la Gardette. *Paris*, an vii, gr. in-fol.,
fig., cart.

1298. Traité des édifices, meubles, habits, machines et us-
tensiles des Chinois, gravés sur les originaux dessinés à la
Chine, par Chambers. *Paris*, 1776, gr. in-4, 20 pl., cart.

1299. Rural architecture in the chinese taste, being designs
for the decoration of gardens, parks, forests, etc., by W. et
J. Halfpenny. *London*, w. y., in-8, fig. (64), v. f.

1300. Traité des bâtimens propres à loger les animaux qui
sont nécessaires à l'économie rurale, avec 50 pl. *Leipzig*,
Voss, 1802, in-fol., pap. vél. fort, cart., non rog.

1301. Buonarroti, libro del architectura di San-Pietro nel
Vaticano, sive Ichnographia templi Sancti Petri. *Roma*,
1620, in-fol., atl. 14 planch., cart.

1302. Joh. Jac. Schüblers wercks.... OEuvres d'architecture
civile pour la décoration intérieure. *Augsbourg*, s. d., in-fol.,
2 vol., cart.

> Cet ouvrage, publié dans le siècle dernier, se compose de 120 plan-
> ches bien gravées, représentant des lits; des cabinets et alcoves, avec
> les accessoires; des chapelles et des mausolées; des tables à écrire,
> des horloges, des fauteuils, des pavillons d'été, des baptistéres, pu-
> pitres d'églises, buffets d'orgues, autels, confessionaux, portes de jar-
> dins, cheminées, urnes cinéraires, etc., etc.

1303. Scelta di ornati antichi e moderni disegnati ed incisi
da G. B. Cipriani. *Roma*, 1801, in-4, fig., br.

1304. Disegni di vari altari e cappelle nelle Chiese di Roma...
date in luce da Gio. Giac. de Rossi. *Roma*, s. d., in-fol.,
fig., cart.

1305. Studio d'architettura civile sopra gli ornamenti di porte e fenestre tratti da alcune fabbriche insigni di Roma, con le misure, piante e profili opera de'piu celebri archit. de nostri tempi, publ. da Dom. de Rossi. *Roma*, 1702, gr. in-fol., fig., 3 vol., cart.

1306. Designs for chimney-pieces, with mouldings and bases at large, on 24 plates. *London, J. Taylor*, in-4, obl.

V. MUSIQUE. — DANSE.

1307. Ath. Kircheri musurgia universalis, sive ars magna consoni et dissoni. *Roma*, 1750, 2 tom., fig. = Physiologia Kircheriana experimentalis. *Amst.*, 1680, fig., in-fol., parch.

1308. Histoire de la musique, par C. Kalkbrenner, avec 10 planches. *Paris*, 1802, in-8, 2 tom. en 1 vol., br.

1309. La danse ancienne et moderne, ou traité historique de la danse, par de Cahusac. *La Haye*, 1754, pet. in-12, 3 vol., v.

ARTS ET MÉTIERS.

1310. De l'industrie française, par le comte Chaptal. *Paris*, 1819, in-8, 2 vol., bas.

1311. Joh. Sam. Hallens Werkstate der heutigen Kunste.... État actuel des arts, ou nouvelle histoire des arts. *Brandenb.*, 1761-79, in-4, fig., 6 vol., dem.-rel.

1312. Descriptions des arts et métiers, édit. publ. par Bertrand. *Neuchâtel*, 1771, in-4, fig., 20 vol., dem.-rel.

1313. L'art de tricoter développé dans toute son étendue, par Netto et Lehmann. *Leipsic. Voss*, 1802, in-fol. obl., fig. noires et color., cart.

1314. Jac. Christ. Schæffer neue Versuche und Muster..... Nouveaux essais pour faire le papier sans chiffons de toutes sortes de matières, avec fig. et grand nombre d'échantillons. *Regemburg*, 1765-67, pet. in-4, 5 part. en 3 vol., v. f.

> Livre curieux.

1315. Art de faire le papier, et art du cartonnier, par De la Lande. Gr. in-fol., fig., cart.

2ᵐᵉ SÉRIE.

I. DESSINS ET ESTAMPES.

A. DESSINS.

1316. Onze dessins. Portrait de Rubens; un fumeur d'après Teniers ; marines de Rademaker, etc.

1317. Huit dessins par Collignon et d'après Le Brun.

1318. Trois dessins par des maîtres à monogrammes, dont un daté de 1620.

1319. Sept dessins par et d'après Wouvermans, Karle Dujardin, Berghem, etc. — Quatre dessins par Goltzius et dans sa manière.

1320. Huit dessins par et d'après Herman , Veyer, Merian, Wouvermans, Ostade , J. Wolff, etc.

1321. Dessin à l'encre de Chine, d'après Ph. Wouvermans.

1322. Le mariage de Sainte-Catherine.

Dessin original de Rubens, d'une belle et grande exécution.

1322 bis. Le Christ mort sur les genoux de la Vierge, d'après Annibal Carrache, dessin à l'encre de Chine.

1323. Portrait d'homme, aquarelle d'après Rembrandt.

1324. Têtes de moutons, par Janson, peintre hollandais, trois sont peintes à l'huile, une dessinée et quatre gravées à l'eau forte.

1325. Un dessin et une gravure d'après Jean van Eyck.

1326. Bonnes études de paysages : six dessins attribués à Ruisdaël, Genoels , Brill , Daudouin, etc.

1327. Neuf dessins lavés à l'encre de Chine, sur papier bleu, blanc et rehaussé, dont : les quatre parties du monde, par Baumgarter; les quatre Philosophes, par Nilson ; Diogène, par Haid.

B. ESTAMPES PAR ET D'APRÈS DIVERS MAITRES

DES ÉCOLES ALLEMANDE, ITALIENNE, FLAMANDE, HOLLANDAISE ET FRANÇAISE.

1328. Sujets de la passion et autres, 10 pièces gravées en bois, par Albert Durer.

1329. Sujets de la passion, 30 pièces gravées sur bois, par Albert Durer, texte au verso.

1330. Jésus avec les Docteurs ; la Cène, et Jésus chez le Pharisien. Trois pièces gravées par Phil. Kilian, d'après Nicolas Grassi.

1331. Vignettes allemandes et sujets divers, 36 planches.

1332. Cinquante-quatre pièces d'après Le Primatice, Salvator Rosa, Della Bella, etc.

1333. Sujets de l'Ancien-Testament, 10 pièces, par Tempesta. Chasses, d'après Stradan, 6 pièces.

1334. Trente-sept pièces de la suite des Loges de Raphaël, gravée par Chaperon, belles épreuves avant les adresses.

1335. Quarante-sept pièces de la même suite, gravées par Borgiani.

1336. Dix huit estampes d'après Raphaël, Le Titien et autres maîtres italiens.

1337. Vénus et Adonis d'après Amiconi, par Vagner.

1338. Saint-Paul prêchant à Athènes, gravé par Marc-Antoine, d'après Raphaël. Ancienne épreuve.

1339. Saint-Pierre pleurant son péché, et martyre de Saint-Barthelemy, deux pièces à l'eau forte, par Ribera dit l'Espagnolet.

1340. Le Ulenspiegel, d'après Lucas de Leyde, par Hondius.

Copie recherchée d'une estampe introuvable.

1341. Les Apôtres, 12 pièces ; trois sujets de l'histoire de Joseph ; en tout, vingt-six pièces, par et d'après Lucas de Leyde.

1341 *bis*. Métamorphoses d'Ovide, suite de 48 pièces ; diverses autres sujets, en tout 55 pièces, par et d'après Goltzius.

1342. Dix-neuf pièces, d'après Rubens, van Dyck, par Soutman, Eynhouedts, etc.

1343. Onze pièces gravées à la manière noire, d'après Terburg, Raoux, Lairesse, J. Ross, etc., et l'Enfant Prodigue, suite de six estampes.

1344. Christ aux roseaux ; sujet de Chasse, etc. ; sept pièces, d'après Rubens et van Dyck.

1345. Dieu Pan et la chèvre Amalthée ; deux pièces d'après Jordaens, par Bolswert, belles épreuves avec l'adresse de Bloteling.

1346. Vingt-et-une estampes, d'après Rubens, N. Poussin et autres grands maîtres.

1347. L'Iliade d'Homère, par Théodore de Bry, 23 pièces.

1348. Cinq pièces à l'eau forte, par Rembrandt :

1° Sainte Famille.

2° Saint-Pierre.

3° Le Berger et sa Famille.

Paysage très-rare. —Superbe épreuve (n° 217).

4° Un Gueux ; un Cavalier.

Ce numéro sera divisé.

1349. Onze pièces, copies diverses d'estampes de Rembrandt.

1350. L'Ange disparaissant devant la famille Tobie, gravé d'après Rembrandt, par Houbraken; Saint-Jérôme d'après Rembrandt, copie de l'estampe de van Uliet.

1351. Neuf eaux fortes de divers maîtres, à l'imitation de Rembrandt, dont un martyr, par Michel Peillman.

1352. Le Combat à la Barrière, à Nancy, en 1627, suite de 10 estampes dédiées à la duchesse de Chevreuse, par Callot.

1353. Les sept Sacremens, suite de sept estampes gravées d'après N. Poussin, par Chastillon.

1354. Batailles d'Alexandre, suite de cinq grandes estampes gravées d'après Le Brun, par Gunst; la deffaite de Porus, grande estampe gravée par Bernard Picart; la deffaite de Maxence et le triomphe de Constantin, deux grandes estampes gravées d'après Le Brun, par van Vianen. En tout, sept pièces.

1355. Les amours pastorales de Daphnis et Chloé, gravées par Jean Audran, d'après les dessins de Philippe d'Orléans, régent, 30 pièces in-8.

1356. Le roman comique de Scarron, douze pièces inventées par Oudry, plusieurs gravées par lui.

1357. Compositions gracieuses de Vanloo, Coypel, Deshayes, Cazes, Boucher, Oudry, etc., par divers graveurs français.

1358. Paysages, les Saisons, l'Age d'Or, etc., 18 estampes, par de Bruyn, Hondius, Vagner, etc., d'après Bloemaert, Pierre de Laar, etc.

1359. Etudes de figures et d'animaux, d'après A. Bloemaert. 45 pièces.

1360. Paysage et marine, d'après Berghem et van Goyen, 2 pièces, par Vivarès.

1361. Paysages d'après van Huysum, Berghem, Francisque Millé et autres. 15 pièces.

1362. Paysages, par Perelle, Wolff, d'après Savery; Les quatre saisons avec l'adresse de Le Blond.

1363. Dix-huit estampes d'après Wouvermans, par Moyreau.

1364. Divers cahiers; paysages par Soubeyran, 1737; paysages par Leclerc; autres par Aberli et le Paultre. 83 pièces.

1365. École anglaise, huit estampes gravées au pointillé et à la manière noire, d'après Morland, Singleton et autres maîtres; plus, quatre estampes coloriées, d'après Le Barbier. 12 pièces.

C. ESTAMPES HISTORIQUES,

PORTRAITS, COSTUMES, SUJETS DE CHASSE, VUES DIVERSES, ORNEMENTS, ETC:

1366. Un volume gr. in-fol. contenant environ 360 estampes gravées dans les XVe, XVIe et XVIIe siècles, rassemblés par un collecteur du temps, et relatives la plupart aux faits historiques les plus intéressants arrivés en Europe pendant ces époques.

Nous citerons parmi les pièces curieuses dont ce recueil se compose, les suivantes : Henri IV guérissant les écrouelles, par Firens; portraits de Marie de Médicis, par Léonard Gaultier; Luther, par Kœnig; Urbain VIII, par Michel Lasne; Charles Ier décapité à Witehall; le Calice, par Hollar (*premier état*, *belle épreuve*); portrait de Corbnaert, par Goltzius; les Supplices, par Callot; Rébus sur Henri III; faits historiques et portraits des Nassau; armoiries, généalogies, chronologies, costumes, faits singuliers, batailles, prises de villes, monumens religieux, tels que : la cathédrale de Rheims, celle de Strasbourg; sujets pieux, cérémonies, fêtes, pompes funèbres, catafalques, scènes de théâtre, et quantité d'autres sujets allégoriques et satiriques, sur la France, les Pays-Bas et l'Espagne.

1367. Suite intéressante de thèses et almanachs, publiées en Allemagne, et dédiées aux empereurs Léopold Ier, Ferdinand III et Ferdinand IV, où sont représentés allégoriquement des faits relatifs à leurs règnes; 21 grandes pièces en plusieurs feuilles, gravées par M. Kussell, B. Kilian et autres artistes allemands.

1368. Les impératrices, par Egide Sadeler, 11 pièces.

1369. Neuf pièces, batailles, gravées à la manière noire, par Rugendas et autres.

1370. Les saisons, les cinq sens, les élémens, les quatre parties du monde, représentés par des femmes en costumes du temps de Louis XIII. 17 estampes avec l'adresse de : *Martin van Eden excud. Antwerp.*, et au bas des vers français et hollandais.

1371. Les mois de l'année, figures à mi-corps, par Walk. 12 pièces.

1372. Vases, aiguières, calices, etc. 62 pièces, par Androuet-Du Cerceau. Plus, quatre vases, par Bauer.

1373. Figures allégoriques sur les sciences et les arts, gravées par Vagner, d'après de la Joue. Le conducteur d'ours et le charlatan, d'après Touzet. 10 pièces.

1374. Plan de Rome, par Falda, 1676, en douze feuilles.

1375. Parfaite représentation et description de différentes chasses dessinées d'après nature et gravées par Ridinger. 35 planches in-fol.

1376. Chevaux de divers pays, dessinés et gravés par Ridinger. *Ausbourg*, 1752. 35 pièces in-fol.

1377. Chasses au tir et à cour, dessinés et gravés par Ridinger. 1762, 23 planches in-folio.

1378. Allégories, caricatures, singularités. 23 pièces par des graveurs allemands.

1379. Vues de Lisbonne après l'incendie de 1755. 6 pièces; Labyrinthe de Versaille, 31 pièces.

1380. Vues pittoresques de l'Alsace, dessinées, gravées et terminées au bistre, par Walter, accomp. d'un texte historique, par l'abbé Grandidier. *Strasbourg*, 1785. in-4, fig., livr. 1 à 5.

1381. Succia antiqua et hodierna, ab Erico Dalberg edita, fig., æncis plus quam 350 illustrata. *Holmiæ*, 1693-1714, in-fol. obl.. 3 tom. en 1 vol., cart., non rog.

1382. Cartes géographiques, manuscrites, env. 25 pièces, quelques-unes sont espagnoles.

1383. Cartes géographiques de divers états d'Europe, particulier de l'Allemagne ou des Pays-Bas, envir. 80 pièces.

1384. Cartes topographiques et stratégiques, plans de batailles, etc., envir. 45 pièces.

1385. Etat nouveau ou carte militaire et marine des divers états d'Europe, en 1769. 15 pièces.

1386. Jeu de la guerre, élém. de l'art militaire, architecture militaire, 25 dessins et gravures, plans de batailles, etc.

1387. Environ 25 plans, dessinés et coloriés, de villes ou châteaux fortifiés.
1388. Plan de Gibraltar, dessin coloriés espagnol. 1737.
1389. Plan de Palerme, gr. feuil. coloriée, manuscr.
1390. Cartes statégiques et militaires, manuscrites. 15 p.
1391. 19 plans coloriés de diverses villes des Pays-Bas et
d'Italie.
1392. Attaques et plans de villes et citadelles fortifiées, Lille,
Douay, Cambray, particulièrement des Pays-Bas. Env. 60 p.

CHOIX

DE

LIVRES PRÉCIEUX IMPRIMÉS EN CHINE,

Relatifs aux beaux-arts, aux sciences et à la littérature.

1. TA-TSING-LIU-LI.

Le Code des lois en vigueur sous la dynastie tartare actuelle ;
édition complète, augmentée de toutes les modifications
introduites dans la législation jusqu'à la 16ᵉ année de
Tao-Kouang, 24 vol. in-8, pap. jaune.

2. KI-CHE-TCHOU.

Résumé de tout ce qu'il y a de plus intéressant dans l'histoire de Chine. Ouvrage publié sous le règne de Kia-King,
en 10 vol. in-8.

Belle édition , papier jaune.

3. EUL-CHE-Y-SE.

Grande collection des historiens de la Chine, depuis l'origine

des historiens de cet empire jusqu'à la dynastie des Ming.
120 vol. gr. in-8, édition de 1726, sur papier jaune.

Ouvrage d'un grand mérite.

4. CHE-FOU-PING-TZE-LYI-TCHOU.

Répertoire poétique, disposé par ordre de matières, et mis à
la portée de ceux qui commencent la versification. *Canton*,
1812. 4 vol. pet. in-12, pap. jaune.

5. FEN-YUN-TCHE-TOU.

Modèles de tous les genres de style épistolaire, avec un petit
vocabulaire en regard des caractères les plus usités dans le
commerce ordinaire de la vie. 2 vol. in-12; pap. blanc;
belle édit.

6. KIA-LI-TCHING-HENG.

Exposé des coutumes et des rites domestiques de la Chine,
avec commentaires et gravures. 2 vol. in-8, pap. jaune.

Ouvrage fort curieux.

7. CHE-LOU-KOUO-KIANG-HO.

Histoire géographique des seize royaumes qui se sont partagé
l'empire sous les Tsin. *Pékin*, 1797. 13 vol. in-8.

Tirage magnifique sur papier de bambou.

8. POU-SAN-KOUO-KIANG-HO.

Histoire géographique des trois royaumes (Chou, Wéi, Ou).
Pékin, 1781. 3 vol., gr. in-8.

Belle édition sur papier jaune.

9. TOUNG-TSIN-KIANG-HO.

Histoire géographique des Tsin orientaux. *Pékin*, 1706, gr.
in-8, sur pap. jaune.

10. TOUNG-I-YANG-KAO.

Description des royaumes étrangers tributaires ou voisins de la
Chine (Japon, Corée, Lieou-Kieou, Annam, Camboge,
Siam, Malacca, Java, Luçon, etc.), publiée vers la fin de la
dynastie des Ming, 6 vol. gr. in-8, pap. jaune.

Belle édition avec commentaires en petit-texte et 4 cartes.

11. PÉI-WEN-YUN-FOU.

Dictionnaire universel de l'Académie de Pékin; 2e édit. cal-

quée sur l'édit. impériale de 1711, avec les corrections.
Canton, 111 vol. gr. in-8, reliés à la chinoise, avec titre
et répertoire écrits sur la tranche de chaque volume.

Cet ouvrage n'existe pas dans le commerce, le mandarin qui l'a
fait réimprimer à ses frais n'en ayant encore tiré qu'une vingtaine
d'exemplaires.

12. YUN-FOU-CHE-I.

Complément du Dictionnaire universel de l'Académie de Pékin, publié sous l'empereur Kang-Hi. Edition impériale
de 1720, en 20 vol, gr. in-8.

Bel exemplaire, papier jaune. Titre et répertoire écrits sur la
tranche.

13. OU-TCHÉ-YUN-SOUÉI.

Dictionnaire tonique et phraséologique, en 20 vol., gr.
in-8,

Edition ancienne du temps de *Ming*, sur papier jaune. Le tirage
est fort beau pour l'époque à laquelle ce livre appartient.

14. OU-TCHÉ-YUN-FOU.

Dictionnaire tonique, édition impériale de la 47ᵉ année de
Kang-Hi (1708), en 22 vol. gr. in-8. papier jaune, titre et
répertoire écrits sur la tranche ; autrement coordonné que
les autres, dont Morrison parle en ces termes :

« L'ouvrage chinois, *Woa-chay-yun-foo*, sur lequel mon
dictionnaire alphabétique est fondé, a été complété par *Chin
Sëen-Sang*, qui passa, dit-on, sa vie à faire la collection
des mots qui y sont contenus, et mourut avant sa publica-
tion. Il confia son manuscrit au soin de son élève Han Yih-
Hoo, qui voyagea par tout l'empire dans le but de le vérifier
et de l'augmenter. Plusieurs des élèves de *Chin* Sëen-Sang
arrivèrent à des positions éminentes dans l'Etat ; et quand
l'empereur Kang-Hi projeta la formation de son dictionnaire, l'un d'eux, Pwan-Ying-Pin, signala au grand monarque le travail de son maître. Après beaucoup de recherches, on l'a trouvé encore inédit entre les mains de Han-
Yih-Hoo. On en a fait, ce semble, un très-grand usage dans la
compilation du dictionnaire de Kang-Hi, car les définitions
se trouvent fréquemment, mot pour mot, les mêmes dans
les deux ouvrages. »

Cet ouvrage est extrêmement rare, même en Chine.

15. KIN-CHE-SUN-FOU.

Dictionnaire d'archéologie graphique, contenant toutes les
formes par lesquelles ont passé les caractères chinois, depuis les hiéroglyphes primitifs ou formes pittoresques, jusqu'à l'écriture usitée de nos jours. 5 forts vol. in-8.

Cet ouvrage, devenu maintenant introuvable, n'a eu qu'une édition en 1532, sous la dynastie des Ming.
L'exemplaire est imprimé à l'encre rouge, et d'une assez belle con-
servation.

16. T CHING-TZE-TOUNG.

Dictionnaire par ordre de clefs, qui a servi de base à celui de
Kang-Hi, où l'on trouve textuellement un grand nombre de
ses définitions. 14 vol. pet. in-12, titre et répertoire écrits
sur la tranche.

Ce dictionnaire a paru sous les Ming, vers le milieu du xvi siècle,
et a été réimprimé depuis.

17. EUL-YA.

Un des plus anciens dictionnaires chinois que l'on connaisse,
où les définitions sont accompagnées de dessins propres à
en déterminer infailliblement le sens. 3 vol. in-fol., pap.
blanc.
Edition de 1801, de toute beauté.

18. TCHOUAN-TZE-HOUÉI.

Dictionnaire des caractères anciens, avec des définitions abré-
gées, semblables à celles de nos vocabulaires de poche.
6 vol. in-5, reliés en 3 vol. à la chinoise; papier jaune.
Edition ancienne.

19. WOU-TSIEN-TSI.

Dictionnaire des caractères cursifs, offrant les formes clas-
siques en regard avec celles que l'écriture expéditive et vulgaire a introduites à différentes époques. 3 vol. in-8, papier
jaune.

20. WEN-HIÈN-TOUNG-KAO.

Encyclopédie de *Ma-Touan-Lin*; édition de 1525, en 84 vol.
in-8; pap. jaune.

Le mérite de cet immense ouvrage est si généralement reconnu
qu'il est inutile de le faire ressortir davantage.

21. Yu-haï.

Vaste encyclopédie, commencée sous la dynastie des Soung, et augmentée progressivement sous les dynasties suivantes jusqu'à la 3e année de Kièn-Loung, où on en fit une 1re édition complète qu'un incendie détruisit presque en entier, ainsi que les planches. La 2e édition, la seule qui existe, parut à Nanking dans la 11e année de Kia-King (1806), en 88 vol. in-8.

Bel exemplaire sur papier jaune; titre et répertoire écrits sur la tranche de chaque volume.

22. Si-Tsing-kou-kièn.

Collection impériale des monuments antiques de la Chine, en bronze, en jade ou en pierre, figurés dans leurs moindres détails, et accompagnés d'un texte qui donne le sens des légendes, et les indications nécessaires pour distinguer les monuments vrais des contrefaçons. Ouvrage magnifique, publié avec le plus grand luxe sous la direction de l'empereur Kièn-Loung, en 1750, et distribué en cadeau aux grands de l'empire; édi'ion unique, en 24 vol. gr. in-fol., admirable d'exécution et de tirage.

Extrêmement rare.

23. Po-kou-tou.

Collection archéologique analogue à la précédente, mais commencée six siècles et demi plus tôt. sous les Soung, et continuée sous les dynasties postérieures, jusqu'à l'apparition du Si-Tsing-Kou-Kièn. Jolie édition en 16 vol. gr. in-8. papier blanc.

24. Kao-kou-tou.

Autre collection de dessins archéologiques, publiée en 1753, où figurent les antiquités jusqu'alors inédites. 5 vol. gr. in-8; jolie édition, sur papier blanc.

25. Kou-yu-tou.

Dessins des anciennes sculptures en jade : ouvrage archéologique destiné à faire suite aux deux qui précèdent. Gr. in-8; jolie édition sur papier blanc.

26. Fang-che-mo-pou.

Vaste recueil de dessins archéologiques, publié en 1584 sous la dynastie des Ming. Vases antiques, jades sculptés, sceaux, anciennes ciselures, inscriptions, sculptures, médailles, tout y a été reproduit fidèlement avec une finesse d'exécution qui ne laisse rien à désirer. 8 vol. gr. in-8, papier blanc,

Fort rare.

27. WAN-CHÉOU-CHING-TIÈN.

Ouvrage célèbre, connu en Europe sous le nom de « Livre des Fêtes, » parce qu'il représente, dans une infinité de magnifiques gravures, toutes les fêtes données à Pékin, à l'occasion du 80e anniversaire de l'empereur Kièn-Loung, les arcs de triomphe, les théâtres, les temples élevés pour la circonstance, les inscriptions, les peintures, les tapisseries qui ornaient les rues de la capitale, etc., etc.; édition impériale, unique, de 1792, en 20 vol. pet. in-fol., papier blanc, superfin.

Ouvrage introuvable en Chine et d'un prix excessif, vu le peu d'exemplaires qui en ont été tirés.

28. FAN-TCHA-TOU.

Voyage pittoresque en Chine et Isographie des grands personnages de l'empire. 6 vol. grand in-8, papier blanc superfin. Cette collection, commencée dans la 24e année de *Kia-King* (1819) et terminée dans la 11e année de *Tao-Kouang* (1831), renferme cent des plus beaux paysages de la Chine et de la Tartarie, gravés à Nanking avec une élégance et une netteté remarquables. De nombreux fac-simile reproduisent fidèlement l'écriture des hommes les plus célèbres des deux derniers règnes.

Ouvrage fort rare, complet.

29. WAN-SIAO-TANG.

Galerie des hommes illustres des différentes dynasties. 2 vol. in-4, remplis de gravures, avec texte.

Fort jolie édition sur papier blanc.

30. LIÉ-NIU-TCHOUAN.

Histoire des femmes célèbres de la Chine; édition de 1835, en 2 vol. grand in-8, avec des gravures à chaque page; papier blanc; tirage d'une netteté rare.

31. PO-MÉI-SIN-YOUNG.

Poésies en honneur des beautés célèbres. 4 vol. in-8, dont deux de vers, et deux de gravures ; édition de 1788, sur papier blanc.

Fort rare dans le commerce.

32. LIÉ-KOUO-SIANG.

Portraits des grands personnages qui ont vécu sous la dynastie de Tcheou. Petit in-12, avec figures et texte.

33. KING-HOUA-YUEN-SIEOU-SIANG-CHOU.

Portraits des femmes remarquables sous la dynastie des Tang. 2 vol. petit in-12, papier blanc. Chaque portrait est accompagné d'un dessin de vases antiques.

34. TSAÏ-TZE-CHOU.

Portraits des anciens sages. 2 vol. petit in-12, figures accompagnées d'un texte.

35. KIAI-TZE-YUEN-HOA-TCHOUAN.

L'Art de dessiner le paysage. 5 vol. in-8, remplis de gravures, dont quelques-unes coloriées.

36. HOA-TCHOUAN-EUL-TSI.

L'art de dessiner les bambous, les orchidées, les chrysanthèmes, etc. 4 vol. in-8, remplis de gravures, dont quelques-unes coloriées.

37. HOA-TCHOUAN-SAN-TSI.

L'Art de dessiner toute espèce de fleurs et d'insectes. 2 cahiers de gravures, dont la moitié coloriées.

38. HOA-TCHOUAN-SE-TSI.

L'art de dessiner la figure, l'homme, la femme, les dieux, les sages, etc. 4 vol. in-8, remplis de gravures.

39. CHE-TCHOU-TCHAÏ.

Dessins de fleurs et de fruits de toute espèce, quelques-uns coloriés, avec un texte explicatif. 16 cahiers à feuilles simples, édition récente.

40. Keng-tche-tou.

Ouvrage à gravures représentant tous les procédés employés dans la culture du riz, l'éducation des vers à soie, la filature de la soie, la teinture et le tissage. Les gravures, au nombre de 43, sont accompagnées d'autant de pièces de vers composés exprès par l'empereur Kang-Hi, ainsi que d'un fac-simile de l'écriture de ce grand monarque. Gr. in-4.

Edition sans date.

41. Pen-sao-pi-yao.

Histoire naturelle médicale, abrégée du Pen-tsao-kang-mou ; ouvrage pratique et très-répandu, que les médecins chinois savent tous par cœur et dont ils suivent religieusement les préceptes. 4 vol. in-8; édition de Canton, sur papier jaune.

42. Chen-tien-ching-chou.

Traduction chinoise de l'ancien et du nouveau Testament, publiée par Morrison d'après les manuscrits des anciens missionnaires. 21 vol. gr. in-8; belle édition sur papier jaune.

Devenu rare, même en Chine, où il a été imprimé en 1832.

TABLE DES DIVISIONS.

A**   8

Imprimerie d'A. SIROU et DESQUERS, rue des Noyers, 37.